서쪽에서 뜨는 해

서쪽에서 뜨는 해

천영미 지음

천영미의 안산 이야기

좋은땅

나는 왜 안산을 이야기하는가

어느 도시를 이야기할 때 우리는 보통 그곳의 유명한 건물이나 관광지를 떠올린다.

내가 안산을 떠올릴 때 가장 먼저 떠오르는 것은 잘 정비된 도로를 따라 시원하게 이어진 가로수와, 곳곳에 자리한 공원과 녹지에서 산책을 즐기는 시민들의 모습이다. 계획도시답게 길이 막힘없이 연결되어 학교·공단·주거지가 자연스럽게 이어지고, 주말이면 체육공원과 하천변 산책로, 바다가 있는 대부도, 공단과 바다, 녹지와 주거가 함께 어우러져 "살기 좋은 도시"의 일상을 만들어 가는 곳, 그것이 내가 기억하는 안산이다. 안산은 내게 '지도 속 한 도시'가 아니라, 수많은 얼굴과 목소리의 집합체다. 그래서 나는 이 책에서, 그리고 앞으로 펼쳐갈 정치의 길 위에서 끝내 안산을 이야기할 수밖에 없다. 안산을 이야기하는 건 곧 나의 삶을 이야기하는 것이고, 내가 믿는 정치의 가능성을 이야기하는 것이기 때문이다.

　나는 강원도 영월에서 태어났다. 산을 보고 자랐고, 강을 보며 자랐다. 어린 시절 내게 도시는 먼 곳이었고, 정치라는 말은 더더욱 먼 세계의 언어였다. 그런데 어느 날, 내 인생의 다음 장이 안산이라는 도시에서 펼쳐지기 시작했다. 결혼 전, 그리고 결혼 후 다시 돌아와 살아온 안산은 어느새 나의 결혼생활, 양육의 시간, 그리고 정치인의 시간을 한꺼번에 품은 '인생의 무대'가 되었다. 안산은 한국 현대사의 압축판이자, 갈등과 희망이 동시에 숨 쉬는 도시다. 이 도시를 제대로 바라보면, 대한민국이 앞으로 어디로 가야 하는지도 함께 보인다. 그래서 나는 안산을 이야기하는 것이 결코 지역 이야기로만 끝나지 않는다고 믿는다.

　정치의 길에 들어선 뒤, 나는 12년 동안 경기도의회에서 큰 틀에서는 경기도와 안산을 대표해 일했다. 회의장에 처음 들어가던 날의 떨림, 첫 5분 발언을 준비하며 원고를 수십 번 고쳐 쓰던 밤, 주민 설명회에서 쏟아지던 원성과 항의를 온몸으로 받아 내야 했던 순간, 예산이 통과되던 날 복도에서 혼자 눈물을 훔쳤던 기억까지. 그 모든 시간의 중심에는 늘 "사람"이라는 두 글자가 놓여 있었다.
　의정활동을 하면서 나는 하나를 분명히 깨달았다. 정치는 거창한 구호나 거대한 담론으로만 존재할 때 시민의 삶을 좀처럼 바꾸지 못한다는 사실이다. 아이가 안전하게 등교할 수 있도록 횡단보도 하나

서쪽에서 뜨는 해

를 옮기는 일, 오래된 학교 급식실을 고치는 일, 경로당의 냉난방비를 예산에 반영하는 일, 중소기업이 기술개발을 위해 도전할 수 있도록 지원사업을 따 오는 일. 이 모든 것은 숫자로 보면 아주 작은 변화처럼 보이지만, 누군가의 하루를 분명히 바꿔 놓는 일이다.

그래서 나는 정책과 예산을 볼 때마다 사람의 얼굴이 겹쳐 보였다. 시트에 찍힌 숫자 옆에는 늘 한 사람, 한 가족, 한 골목의 이야기가 붙어 있었다. 내게 예산은 단순한 숫자가 아니라, "도시의 미래를 미리 당겨쓰는 약속"이었다. 이 책에서 나는 정책과 예산이 만들어 낸 변화의 이야기들을 솔직하게 풀어 보려 한다. 그것은 자랑이 아니라, 정치가 제 역할을 할 때 무엇이 가능한지에 대한 기록이기 때문이다.

안산은 중앙정부와 가장 가까우면서도, 때로는 가장 멀게 느껴지는 도시이기도 하다. 산업정책, 교육정책, 복지정책, 환경정책이 중앙에서 쏟아져 내려오지만, 그 정책이 실제로 작동하는 장소는 결국 한 도시의 골목상권과, 기업, 문화, 학교이다. 나는 의정활동을 늘 수원과, 안산을 오갔다. 경기도와 실무 협의를 하고, 다시 안산으로 돌아와 주민들의 의견을 들었다.

그 과정에서 나는 한 가지 질문을 품게 됐다.

"어떻게 하면 중앙정부의 정책과 예산이 안산의 현실에 더 정확하게 닿게 만들 수 있을까?"

이 질문은 곧 이 책의 또 다른 축이 됐다. 이 책에는 내 개인의 회고만이 아니라, 중앙정부와 안산을 연결하는 비전이 담겨야 한다고 생각했다. 반월·시화 국가산업단지의 재도약, 안산사이언스밸리와 첨단산업, 기후위기 시대의 에너지 전환, 청년과 아이들이 떠나지 않고 머물고 싶은 도시, 평생학습과 돌봄이 촘촘히 이어지는 도시. 이 모든 것은 중앙정부의 전략, 경기도의 판단, 안산시의 실행이 서로 맞물릴 때 가능한 그림이다.

나는 이 책에서, 그동안 정책과 사업으로 쌓아온 현실의 기록 위에 앞으로 안산이 나아갈 수 있는 "다음 12년의 설계도"를 함께 펼쳐 보이려 한다. 이 책은 완벽한 성공담이 아니다. 나는 정치인으로서 실수도 했고, 때로는 더 강하게 싸우지 못했고, 때로는 더 멀리 내다보지 못했다. 어떤 사업은 뒤늦게 후회가 남기도 했다. 그러나 그 모든 과정 속에서도 한 가지는 분명히 지키고 싶었다. "도시는 사람이고, 정치는 그 사람들의 내일을 포기하지 않는 일이다."

내가 왜 안산을 이야기하는지, 왜 다시 또 안산을 말하고 또 말하려 하는지의 이유도 여기에 있다. 안산은 나의 정치 인생이 시작된 도시이자, 앞으로도 계속 책임지고 싶은 도시다. 한 도시의 이야기를 통해 가능성과 한계를 함께 비춰보고 싶다.

이 책은 12년 의정활동의 기록이자, 사업의 뒤편에 서 있던 사람들의 이야기이며, 동시에 안산을 다시 잇는 비전의 첫 문장이다.

지금 이 페이지를 넘기는 독자가 안산 시민이든, 다른 도시에 사는 시민이든, 나는 한 가지 공통된 질문을 함께 나누고 싶다.

서쪽에서 뜨는 해

"우리가 사는 이 도시에서, 정치는 어디까지 우리의 삶을 바꿀 수 있을까?"

내가 안산을 이야기하는 이유는, 그 질문에 대한 답이 안산이라는 도시 속에, 그리고 그 속에서 살아가는 시민들의 삶 속에 고스란히 들어 있다고 믿기 때문이다.

이제, 안산의 이야기를 시작한다.

목차

1부

안산에서 배운 정치

12년 현장이 나의 교과서

| 1장 |

영월에서 안산까지,
도시가 나를 바꾸다

도시에 대해 진지하게 생각해 본 적은 오랫동안 없었다. 어릴 적 내가 알던 세상은 강원도 영월의 산과 강, 좁은 골목과 마을회관이 전부였다. 그곳에는 복잡한 도로망도, 산업단지 지도도, 인구통계표도 없었다. 대신 누가 김장을 하는지, 어느 집에 경사가 났는지, 오늘 저녁 마을회관에서 무슨 회의를 하는지가 온 동네의 뉴스였다.

눈을 뜨면 보이는 것은 산의 능선이었다. 계절에 따라 그 능선의 색이 바뀌는 것을 보면서 자랐다. 봄이면 연둣빛이 오르고, 여름이면 짙은 초록이 산을 덮고, 가을이면 빨갛게 물들었다가 겨울이면 하얀 눈이 모든 것을 덮었다. 자연은 매년 비슷한 리듬으로 돌아왔고, 사람들의 삶도 그 리듬을 따라 움직였다. 그 골목에서 배운 것은 두 가지였다. 하나는, 사람은 혼자 살 수 없다는 것. 다른 하나는, 그래서 서로를 조금씩 나누고 기대지 않으면 버티기 어렵다는 것. 그때의 나는 정치라는 단어도 몰랐고, 중요한 것은 옆집 사람의 안부를 묻는 일이고, 어려운 집에 반찬 한 가지 더 나누어 주는 일이라고 생각했다.

산과 강에서 도시로, 다른 리듬과 마주하다

내가 서 있던 영월의 골목은 좁고 소박했지만, 얼굴이 다 기억나는 사람들의 공간이었다. 반면 도시라는 곳은 넓고 화려하지만, 어디서부터 시작해야 할지 모를 것 같은 낯섦이 있었다.

하지만 삶은 늘 선택과 우연이 섞여 흐른다. 내 인생의 다음 장이 안산이라는 도시에서 펼쳐질 것이라고, 그곳이 훗날 나의 정치 인생과 깊이 연결될 것이라고, 그때는 상상도 하지 못했다.

안산이라는 도시와의 첫 인연

안산과 처음 만나게 된 것은 어느 날 갑자기 떨어진 운명이 아니었다. 다만 내 삶의 다음 장이 자연스럽게 펼쳐진 장소가, 우연처럼 안산이었을 뿐이다.

처음 이 도시에 발을 디뎠을 때 가장 강하게 다가온 건 "여유가 있다."는 느낌이었다. 지금처럼 빽빽한 도시가 아니라, 허허벌판이 군데군데 남아 있고, 들녘과 공터 사이로 바람이 시원하게 드나들던 곳. 도로는 곧고 넓게 뻗어 있었고, 막 건설된 아파트 단지들 옆으로 빈 땅과 풀밭이 함께 섞여 있어 도시와 들이 동시에 보이는 풍경이었다.

사리포구 쪽으로 나가면 항구 특유의 느긋한 공기가 있었다. 배를 정박시키는 어민들, 바닷바람을 쐬며 천천히 걸어가는 사람들, 멀리서 들려오는 파도 소리와 갈매기 울음. 거창하게 꾸며진 관광지가 아니라, 그저 일상 속에서 바다와 함께 숨 쉬는 조용한 포구였다.

번화가라고 해도 지금처럼 화려하지 않았다.

곳곳에 자리 잡은 상가와 작은 가게들이 넉넉한 간격을 두고 서 있었고, 시장도 사람에 치이기보다는 천천히 오가며 물건을 고를 수 있는 공간에 가까웠다.

도시 전체가 꽉 찬 느낌보다는, 앞으로 채워질 자리를 남겨 둔 넉넉한 노트 한 장처럼 느껴졌다. 그때의 안산은 이미 도시였지만 아직 완성되지 않은 도시, 사람들이 자기 자리를 찾아 들어와 함께 그림을 그려 나갈 수 있는, 편안하고 공간이 많은 도시였다. 그리고 나는 그 여유로움 속에서 내 다음 삶의 페이지를 여기서 써 보겠다고 마음속으로 조용히 결정했는지도 모른다.

안산은 "산업도시"라는 이름처럼 공단과 함께 성장해 온 도시였지만, 내 눈에 가장 먼저 들어온 것은 기계가 아니라 사람의 움직임이었다. 퇴근길을 재촉하는 발걸음, 아이의 손을 꼭 잡은 부모의 손, 분식집, 작은 카페 앞에 서 있는 사람들의 표정. 도시는 새로운 리듬으로 나를 끌어들였다. 강원도의 리듬이 계절과 함께 천천히 움직이는 리듬이었다면, 안산의 리듬은 출퇴근 시간과 생산량, 등·하원 시간에 맞춰 빠르게 움직이는 리듬이었다. 나는 그 리듬에 적응해 가면서, 도시라는 공간이 사람을 어떻게 바꾸는지 천천히 체감하게 되었다.

안산을 삶의 무대로 다시 선택하다

안산과의 인연은 단순한 '한때의 거주'로 끝나지 않았다. 나는 이 도시를 다시 선택했고, 그 선택은 나의 인생을 크게 바꿔 놓았다.

결혼과 함께 삶의 중심이 조금 더 현실로 다가왔다. 어디에서 아이를 키울지, 어떤 환경에서 일하고 살아갈지, 어떤 도시에서 내 이름으로 책임을 지며 살아갈지를 고민해야 했다. 선택지는 몇 군데 있었다. 그러나 나의 마음은 다시 안산을 향했다. 이미 알고 있는 도시, 이미 나의 발걸음이 남아 있는 거리, 이미 눈과 귀에 익숙해진 사람들의 목소리가 들려오는 곳. 안산으로 돌아온다는 것은, 그냥 아는 도시로 돌아간다는 의미를 넘어섰다.

이 도시를 내 삶의 "무대"로 받아들이겠다는 것이었고, 앞으로의 시간들을 이곳과 얽어내겠다는 선택이었다. 안산은 생각보다 많은 얼굴을 가진 도시였다. 공단의 굴뚝과 기계음만 있는 도시가 아니었다.

주말이면 운동장과 체육관에서 시민들의 함성이 울리고, 도서관에는 책을 찾는 아이들과 학생들이 모였고, 동네마다 작은 공원과 산책로가 있어 사람들의 하루를 부드럽게 받쳐 주고 있었다.

산업과 일터, 주거와 생활, 교육과 돌봄이 한 도시 안에 균형 있게 얽혀 있다는 사실을 나는 안산에서 매일의 생활을 통해 배워 나갔다.

 서쪽에서 뜨는 해

아이와 함께 다시 본 안산의 얼굴

안산을 바라보는 시선이 결정적으로 바뀐 것은 아이와 함께 이 도시를 걷기 시작하면서부터였다. 혼자 다닐 때는 크게 신경 쓰이지 않던 것들이 아이와 함께 이동할 때는 모두 다르게 보였다. 유모차를 끌고 횡단보도를 건널 때, 신호가 조금만 빨리 바뀌어도 마음이 조급해졌다.

인도의 높낮이, 턱이 있는지의 여부, 골목길 코너의 시야, 어린이집과 학교 앞 차량 속도까지 하나하나 눈에 들어왔다. 어린이집과 유치원을 오가며 느낀 감정은 또 다른 풍경을 보여 주었다. 등원시키고 바로 출근해야 하는 엄마의 바쁜 걸음, 아이 손을 잡고도 휴대폰으로 고객 전화를 받는 아빠, 잠이 덜 깬 얼굴로 엄마 품에 안겨 있는 아이들. 그 풍경 속에서, 도시는 더 이상 나 혼자만의 선택지가 아니었다. 아이의 하루와 아이의 안전, 아이의 꿈과 기회가 어떤 도시를 만났느냐에 따라 달라질 수 있다는 사실이 점점 더 선명해졌다.

"이 도시는 우리 아이에게 어떤 어른이 되어 줄까." 이 질문이 마음 한가운데 자리 잡았다. 그 순간부터 도시는 더 이상 배경이 아니었다.

도시는 아이의 손을 잡고 함께 걸어가는, 책임을 나누어 져야 하는 또 하나의 존재로 느껴졌다.

어린이집연합회 사무국장, 현장에서 제도를 보다

아이와 함께 도시를 다시 보기 시작하던 무렵, 나의 일터는 경기도 곳곳의 어린이집과 깊게 연결되어 있었다. 나는 경기도어린이집연합회 사무국장으로 근무를 하게 되었다. 말 그대로 경기도 전역에 있는 어린이집과 원장, 교사, 학부모들의 목소리를 함께 묶어 행정과 제도, 현장 사이를 오가며 전달하는 역할이었다.

회의 자료를 만들고, 정책 설명회를 준비하고, 어린이집 운영상 어려움을 듣고 정리해 관련 부서에 전달하는 하루들이 이어졌다. 전화기 너머로, 회의장 안에서, 현장 방문 중에 들려오는 이야기들은 서로 다른 듯 보이지만 본질적으로는 같은 고민을 품고 있었다.

"아이들에게 더 좋은 환경을 만들어 주고 싶다.", "교사들은 조금 더 안정된 조건에서 일하고 싶다.", "학부모들은 믿고 맡길 수 있는 곳을 원한다.", "원장님들은 그냥 아이들만 바라보고 아이들만 돌보고 싶다. 관에서 요구하는 수많은 서류와 평가인증 등 수많은 규제와 행정업무에서 벗어나고 싶다." 어린이집이라는 작은 공간 안에는 아이, 교사, 원장, 부모, 행정이 복잡하게 얽혀 있었다. 시골에서 배운 '서로 기대며 사는 삶'이 이제는 다른 차원에서 펼쳐지고 있었다.

나는 서서히 깨닫기 시작했다. 좋은 마음만으로는 어린이집 현장을 지킬 수 없다는 것, 원장의 헌신과 교사의 열정만으로는 아이들의 안전과 발달을 충분히 보장하기 어렵다는 것, 결국 제도와 예산, 행정과 정치가 제 역할을 해야 현장의 노력도 빛을 낼 수 있다는 사실을. 사무국장으로서 책상 앞에 앉아 있을 때보다, 현장에서 원장과 교사, 학부모들을 만날 때 더 많은 것을 배웠다. 그들의 목소리는 구체적이고 절

　　　　　　　　　　　　　　　　　　　　　　서쪽에서 뜨는 해

박했고, 동시에 굉장히 현실적이었다. 한 아이가 어린이집에서, 유치원에서, 학교에서 어떤 하루를 보내느냐는, 결국 이 사회가 아이에게 어떤 투자를 하고 있는지의 결과였다. 그리고 그 투자의 방향과 크기를 정하는 것은 결국 정치와 행정의 몫이라는 사실을 나는 점점 더 깊이 이해하게 되었다.

행정과 정치의 경계에서

경기도어린이집연합회 사무국장으로 일하면서 나는 자연스럽게 많은 토론회와, 공무원, 정치인들을 만나게 되었다. 보육료 지원, 교사 처우 개선, 어린이집 안전 기준, 재무회계규칙, 평가인증 제도 등 하나하나가 현장에는 큰 영향을 미치는 의제들이었다. 회의장 안에서 나는 현장의 목소리를 정리해 전달하는 사람의 입장에 서 있었다. 원장들과 나눈 수많은 대화, 교사들의 눈물 섞인 호소, 학부모들의 불안과 바람이 한 장 한 장 문서가 되어 올라갔다.

그 문서를 바라보는 공무원과 의원들의 표정을 보면서 나는 한 가지 사실을 더 분명히 보게 되었다. "정책은 숫자와 문장이 아니라, 그 뒤에 서 있는 삶을 이해할 때 비로소 제대로 만들어질 수 있다." 하지만 회의는 늘 그만큼 충분하지는 않았다. 예산 제약, 법령의 한계, 부처 간 조율, 정치적 상황까지 더해지면 좋은 뜻이 있어도 실현까지 가는 길은 멀고도 복잡했다. 행정과 정치의 경계에서 나는 '현실과 이상 사이의 거리'를 매일 재고 있었다. 그리고 그 거리를 줄이는 것이야말로 정치가 해야 할 일이라는 생각이 점점 더 또렷해졌다.

김진표라는 이름, 그리고 출마 제안

그즈음, 정치는 조금 더 구체적인 얼굴을 하고 내 앞에 다가왔다. 2010년 지방선거에서 김진표 국회의원이 경기도지사 출마를 준비하던 시기였다. 경기도가 안고 있는 여러 과제들 속에서 보육·교육·돌봄의 문제 역시 중요한 축으로 부각되고 있었다. 경기도어린이집연합회는 그동안 여러 정당과 정치인들에게 현장의 목소리를 꾸준히 전달해 왔다. 그 과정에서 "현장을 제대로 아는 사람이 의회 안으로 들어가야 한다."는 이야기가 조심스럽게, 그러나 반복적으로 나오기 시작했었다. 그러던 어느 날, 경기도어린이집연합회로 비례대표 제안이 들어왔다.

정당에서 연합회가 쌓아 온 보육 현장의 경험과 목소리를 의회 안으로 직접 가져오고 싶다며, "연합회 차원에서 누구를 추천해 달라."는 요청이 온 것이다. 임원회의가 열렸다.

누가 그 자리에 가야 하는지, 어떤 사람이 현장을 대표할 수 있는지, 연합회 임원들은 진지하게 머리를 맞댔다. 그 자리에서 자연스럽게 내 이름도 거론됐다. 당시 나는 경기도어린이집연합회 사무국장이었다. 민간 어린이집, 국공립 어린이집, 가정 어린이집, 직장 어린이집,

법인 어린이집까지 유형별 어린이집을 두루 알고 있었고, 각 시설이 겪는 어려움과 행정 절차, 보육료와 인건비, 평가인증과 지도점검까지 현장의 언어와 행정의 언어를 동시에 다루는 일을 해 왔다.

연합회가 보기에도, 다양한 유형의 어린이집을 두루 이해하고 행정 경험까지 갖춘 사람이 비례대표로 나서는 것이 필요하다고 판단 했던 것 같다. 제안은 그렇게 내게로 왔다. 수락이라는 결심, 책임이라는 무게 나는 그 제안을 오래 붙들고 망설이지는 않았다. 정치가 낯설고 부담스럽다는 감정보다 "현장을 아는 사람이 직접 가야 한다."는 생각이 더 먼저 올라왔다.

아이와 부모, 원장과 교사, 민간·국공립·가정·직장·법인 어린이집을 두루 다니며 들었던 이야기들이 머릿속을 빠르게 스쳐 지나갔다. 연합회 임원들이 내게 건넨 말도 단순했다. "우리가 그동안 쌓아 온 현장의 경험을 한 번쯤은 제도와 예산을 다루는 자리까지 가져가 보자. 그 역할을 사무국장이 해 줬으면 좋겠다." 나는 흔쾌히 수락했다. 동시에, 그 선택이 단순히 개인의 커리어 변화가 아니라는 것도 알고 있었다.

나를 믿고 함께해 준 원장들과 교사들, 경기도 곳곳의 어린이집과 부모들, 연합회라는 이름으로 쌓아 온 신뢰가 이제는 "대표성"이라는 단어와 함께 나를 통해 의회 안으로 들어가게 된다는 사실이었다.

정치 입문은 그렇게 "원래부터 꿈꾸던 자리"라기보다는, 현장을 알고 있는 사람이 책임을 피하지 말고 한 번은 나가야 한다는 요구 앞에서 내가 한 발 앞으로 나서게 된 결과에 가까웠다.

그 순간부터 정치는 더 이상 멀리서 지켜보던 뉴스 속 이야기가 아니었다. 내가 서야 할 자리, 그리고 내가 감당해야 할 책임의 다른 이름이 되었다. 안산에서 시작된 나의 도시 경험, 경기도어린이집연합회 사무국장으로서의 현장 경험, 그리고 김진표 후보의 경기도지사 출마라는 정치적 순간이 한 지점에서 만나면서 나는 비례대표라는 형태로 정치에 발을 디뎠다.

도시가 나를 바꾸고, 내가 도시를 다시 보게 된 시간들

정치에 입문했다고 해서 갑자기 도시가 전혀 다른 풍경으로 보이진 않았다. 그러나 분명 달라진 것이 있었다. 이제 나는 더 이상 "한 시민"의 눈으로만 안산을 바라볼 수 없었다. 경기도의원은 도민을 대신해 말하고, 요구하고, 책임지는 사람이다. 하나의 개인이라기보다, 도민을 대변하는 하나의 기관에 가까운 자리였다. 그래서 어떠한 작은 것 하나라도 허투루 보지 않고 많은 생각을 하게 되었다.

경기도 안에서 이 시설은 어떤 위치에 있는지, 안산시 전체를 놓고 봤을 때 균형이 맞는지, 예산과 제도는 제대로 따라가고 있는지 자연스럽게 이런 질문들이 떠오르기 시작했다.

안산이라는 한 도시를 넘어 경기도 전체의 구조 속에서 다시 바라보고, 동시에 경기도의 큰 정책과 예산이 안산 시민의 삶 속에서 어떻게

서쪽에서 뜨는 해

작동하는지까지 함께 책임져야 한다는 감각이 그때부터 나의 시선을 완전히 바꾸어 놓았다.

"이 시설은 어떤 예산으로 운영되고 있을까?"

"여기에서 일하는 사람들의 처우는 어떨까?"

"이 공간은 아이와 노인, 장애인에게도 안전한가?", "이 정책 결정 과정에는 현장의 목소리가 얼마나 반영됐을까?" 안산은 여전히 산업과 사람, 도전과 기회가 공존하는 도시였다. 다만 이제 나는 그 도시를 정책과 예산, 제도와 구조의 관점에서도 함께 보기 시작했다. 시골에서 배운 것은 사람이었다면, 안산에서 내가 배운 것은 도시였다. 그리고 경기도어린이집연합회에서의 시간은 사람과 도시를 잇는 '정책'이라는 언어를 배우게 한 학교였다. 그 모든 경험이 쌓여 나는 결국 정치라는 길 위에 서게 되었다.

어느 날 갑자기 "정치를 해 봐야겠다."는 결심을 한 것이 아니라, 도시와 사람, 현장과 제도의 사이에서 점점 정치에 대한 열정이 있었는지도 모르겠다.

강원도에서 안산까지, 그리고 의회로

돌아보면, 영월에서 시작된 한 아이의 삶은 산과 강을 지나 도시와 공단, 어린이집과 회의장, 그리고 의회라는 새로운 무대로 이어졌다.

강원도 산골의 좁은 골목에서 배운 따뜻한 정은 안산의 바쁜 골목에서도 여전히 기준이 되었다. 사람이 먼저라는 감각, 서로 기대야 산다는 믿음은 변하지 않았다. 다만 그 믿음을 지탱해 줄 언어와 도구가 달라졌을 뿐이다. 이제 나는 한 사람 한 사람의 선의 위에 정책과 제도, 예산과 행정이라는 구조가 함께 올라가야 한다고 생각한다. 그래서 이 책의 첫 장을 영월에서 안산까지, 그리고 경기도어린이집연합회 사무국장을 거쳐 정치에 발을 들이게 된 이야기로 채우고 싶었다. 도시는 사람을 바꾼다. 그리고 때로는, 그렇게 바뀐 사람이 다시 도시를 바꾸기 위해 정치라는 길을 선택하게 만들기도 한다.

이제 다음 장에서는 초선 의원으로 처음 의회에 들어섰던 순간의 이야기다. 낯선 학교 같았던 의회에서 내가 무엇을 보고 배웠는지, 그리고 그 첫 시간들이 안산을 향한 나의 정치적 시선을 어떻게 더 선명하게 만들었는지 이어서 풀어 보려 한다.

| 2장 |

초선 의원, 의회라는
낯선 학교에 들어가다

의원 당선증을 처음 손에 들던 날의 느낌을 아직도 기억한다.

종이 한 장에 불과했지만, 그 종이는 내 인생의 방향을 완전히 바꾸는 힘을 가지고 있었다.

"이제 정말, 시작이구나." 축하 인사보다 먼저 떠오른 생각은 기쁨이 아니라 책임이었다.

경기도어린이집연합회 사무국장으로 일할 때도 책임은 분명 무거웠다. 어린이집 현장의 목소리를 듣고 정리해 행정과 정치권에 전달하는 일, 원장과 교사, 학부모의 입장을 조율하며 제도 개선을 요구하는 일, 이미 그 자체로 험한 길이었다. 하지만 의원이라는 이름이 주는 책임은 결이 달랐다. 눈앞에 있는 몇 명, 몇몇 기관을 넘어 보이지 않는 수많은 경기도민들을 향해 책임을 져야 하는 자리. 이제 내가 하는 말과 결정 하나가 경기도 전체의 기준과 방향을 정하는 일에 연결될 수 있다는 사실이 마음 깊은 곳에서 묵직하게 내려앉았다.

의회에 처음 들어가던 날

의회 건물 앞에 섰을 때, 자주 보던 건물인데도 영 낯선 느낌이 들었다. 이전까지 나는 이곳을 민원을 전달하거나 회의를 하기 위해 "찾아가는 공간"으로 사용했다. 그러나 이제부터는 그 안에서 토론하고, 질문하고, 결정해야 하는 "내 작업 공간"이 되는 순간이었다. 복도에는 이미 여러 의원들이 모여 있었다. 첫 임기를 시작하는 초선 의원들, 여유 있는 표정의 재선·삼선 의원들, 서로 인사를 나누고 농담을 주고받는 사람들. 나는 그 틈에서 회의실 내에 내 이름이 적힌 명패를 한동안 바라보았다.

문 하나를 열기 전에 마음속 문을 먼저 열어야 하는 순간이었다. "이제 여기에서 하는 말과 선택이 누군가의 삶과 연결된다." 그 사실을 인정하고 나자 의회 건물은 더 이상 단순한 공공기관이 아니었다. 내가 책임져야 할 또 하나의 '학교'처럼 느껴졌다.

선서, 한 문장이 인생을 묶는 방식

개원식 날, 선서 나는 법령을 준수하고 주민의 권익신장과 복리증진 및 지역사회 발전을 위하여 의원의 직무를 양심에 따라 성실히 수행할 것을 주민 앞에 엄숙히 선서합니다. 짧은 문장이었다. 그러나 그 문장을 입 밖으로 내는 순간 그 말은 나를 묶는 약속이 되었다.

"직무를 양심에 따라 성실히 수행하겠다."

성실이라는 단어는 강원도 산골의 골목에서도, 안산의 거리에서도, 그리고 경기도어린이집연합회 사무국장으로 일하던 시간에도 늘 내 삶의 기준이었다. 하지만 이제 그 성실 앞에 붙는 단어가 달라졌다. 개인의 성실, 직업인의 성실이 아니라 "공적인 자리에서의 성실"이었다.

개원식이 끝나자 선배 의원들이 초선들에게 이런저런 말을 건넸다. "처음엔 자료만 봐도 머리가 아플 거야.", "예산이랑 조례 공부를 꾸준히 해야 해.", "지역에서 올라오는 민원 대응이 제일 힘들 수 있어." 그 말들 속에는 농담도, 경고도 섞여 있었다. 나는 속으로 조용히 다짐했다. "두렵다고 피하지 말자. 배우면서 끝까지 버티자."

'대표한다'는 말의 진짜 무게

나는 비례대표 의원으로 의회에 들어왔다.

어떤 한 선거구의 도로, 학교, 골목만을 맡은 것은 아니었지만 경기도 31개시군의 정책을 대표해야 하는 자리였다. 사람들은 종종 물었다. "어디 지역구예요?" 나는 이렇게 대답하곤 했다. "형식으론 도 전체를 보고 있지만, 제 삶의 중심은 여전히 안산에 있습니다." 정치적으로는 경기도 전체를 향한 책임, 개인적으로는 안산이라는 도시를 향한 애정과 책임. 아이를 키우는 도시도 안산, 아침에 문을 열고 나와 마주하는 거리도 안산, 사람들과 인사를 나누는 시장과 공원도 안산이었다. 그래서 의회 안에서 예산과 조례를 볼 때마다 머릿속에는 자연스럽게 안산의 얼굴들이 함께 떠올랐다. "이 결정이 안산에서는 어떻게 작동할까?", "이 정책이 안산의 어린이집, 유치원, 학교, 소상공인, 기업, 문화, 체육에는 어떤 영향을 줄까?" 대표한다는 말은 단지 "대신 말한다."는 뜻이 아니었다.

내가 살아온 삶과 경험, 내가 보고 들은 도시의 모습을 공적인 자리로 가져와 함께 나누겠다는 약속이었다. 그 약속이 너무 가볍게 느껴지지 않도록, 나는 늘 안산을 마음의 기준점으로 삼고 싶었다.

의회라는 새로운 '학교'

의회를 처음 마주했을 때 제일 먼저 떠오른 생각은 이것이었다. "여기는 또 하나의 학교다." 칠판이 있는 것도, 출석부를 부르는 것도 아니지만 배워야 할 것이 끝없이 쏟아져 나오는 장소였다. 조례안과 예산안, 각종 보고서와 계획서. 처음 두꺼운 회의자료 묶음을 받았을 때 솔직한 심정은 약간의 당황이었다.

"이걸 정말 다 이해하고 판단해야 하는 거구나." 문장은 길었고, 용어는 낯설었다. 어떤 안건은 관련 법령과 중앙정부 지침, 재정 구조까지 함께 봐야 겨우 이해할 수 있었다. 하지만 피할 수는 없었다. 의원은 이 자료들에 대해 "찬성" 혹은 "반대", "가결" 혹은 "보류"를 결정해야 하는 사람이다. 이해하지 못한 채 손을 드는 것은 내 양심이 허락하지 않았다.

그래서 나는 의회를 다시 시작한 공부의 장으로 받아들였다. 낮에는 회의와 면담, 현장 방문을 다니고, 저녁과 밤에는 회의자료를 한 장 한 장 넘기며 읽어 나갔다. 모르는 용어는 표시해 두고, 실무 부서에 전화를 걸어 물어보고, 선배 의원들의 설명을 다시 들으며 맥락을 잡았다.

경기도어린이집연합회 사무국장 시절 정책자료를 만들고 검토하던 경험이 이때 큰 자산이 되었다. 현장을 머릿속에 떠올리며 문장을 읽으면 종이 위의 글자들이 단순한 한 줄이 아니라 "어디에서, 누구에게, 어떻게 작동할지"가 조금씩 보이기 시작했다. 의회는 그렇게 현장과 제도를 동시에 떠올려야 비로소 이해가 되는 학교였다.

첫 5분 발언 도시가스 요금, 왜 어린이집만 빠져 있나

초선 시절 나에게 가장 크게 남아 있는 순간 중 하나는 첫 5분 발언이다. 의회에서 5분 발언은 짧지만 분명한 메시지를 던질 수 있는 공식적인 통로다. 나는 처음부터 이 시간을 보육과 사회복지, 특히 어린이집 현장의 구체적인 문제를 위해 쓰고 싶었다.

그때 내가 선택한 주제는 "사회복지시설 도시가스 요금 감면에서 어린이집이 배제된 문제"였다. 어린이집은 영유아보육법에 근거를 둔 시설이면서 법적으로는 사회복지시설로 분류된다.

노인요양시설, 장애인시설 등 다른 사회복지시설은 도시가스 요금 감면 혜택을 받고 있었지만, 이상하게도 어린이집만 그 목록에서 빠져 있었다. 교사들도, 학부모들도 이 문제를 반복해서 제기했다. 도시가스 회사의 규정, 사회복지시설 범위, 관계 법령들을 하나씩 확인해 보니 어린이집이 제도 설계 과정에서 사실상 '구멍'처럼 빠져 있었다. 명백히 사회복지시설이라고 부르면서도 요금 감면에서는 제외된 대상. 나는 이 모순을 그대로 두고 볼 수 없었다. 그래서 첫 5분 발언의 주제로 이 문제를 선택했다.

원고를 고치고 또 고치던 밤

5분 발언은 짧다. 그러나 그 짧은 시간 안에 문제의 본질과 구체적인 사례, 제도적 모순과 개선 요구를 모두 담아야 했다. 처음 원고를 쓰고 나서 몇 번이고 다시 읽었다.

"너무 기술적인 설명만 늘어놓은 건 아닐까?"

"너무 감정적으로 들리지 않을까?"

"핵심이 흐려지지 않도록 어떤 문장을 빼고, 어떤 문장을 남겨야 할까?" 나는 몇 날 며칠 원고를 고치고 또 고쳤다. 어린이집이 어떤 법적 근거를 갖고 있는지, 사회복지시설에 대한 도시가스 감면 제도가 어떻게 설계되어 있는지, 그 안에서 어린이집이 왜 빠져 있는지, 이로 인해 현장에서 어떤 어려움이 벌어지고 있는지. 가능한 한 정확한 표현을 사용하면서도 현장의 절박함이 전달되기를 바랐다. 특히 나는 이 문제를 단순히 "어린이집도 혜택을 달라."는 요구가 아니라, "같은 사회복지시설인데 왜 어린이집만 예외가 되어야 하는가, 이 차별적 구조를 바로잡자는 문제"로 정리하고 싶었다.

     서쪽에서 뜨는 해

발언 전날 밤, 또 한 번 원고를 소리 내어 읽어 보았다.

단상 위에서 던져진 질문

발언 당일, 나는 단상 위에 섰다. 손에 쥔 원고의 두께는 얇았지만, 그 안에 담긴 현장의 무게는 가볍지 않았다. 나는 먼저 어린이집의 법적 지위를 짚었다. "어린이집은 영유아보육법에 근거하여 운영되고 있으며, 사회복지사업법상 사회복지시설에 해당합니다." 그 다음, 현재 도시가스 요금 감면을 받고 있는 다른 사회복지시설들의 상황을 언급했다. 노인요양시설, 장애인생활시설, 여러 복지시설이 도시가스 요금 감면 대상이지만 유독 어린이집만 예외로 남아 있다는 사실. 그리고 마지막으로, 이 모순이 현장에서 만들어내는 부담과 불합리성을 짧지만 구체적인 사례와 함께 전달했다.

"아이들이 있는 공간이기에 난방을 줄일 수 없습니다. 그러나 어린이집은 사회복지시설이라는 이름만 공유할 뿐, 도시가스 요금 감면에서는 아예 빠져 있습니다." 나는 단상 위에서 이렇게 질문을 던졌다. "왜 같은 사회복지시설인데 어린이집만 도시가스 요금 감면에서 제외되어야 합니까?" 그리고 덧붙였다. "영유아기에 안전하고 따뜻한 보육 환경을 제공하는 일은 경기도와 국가가 함께 책임져야 할 일입니다. 어린이집을 도시가스 감면 대상에 포함시키는 것은 단지 요금 퍼센트를 낮추는 문제가 아니라, 우리가 아이들을 어떻게 대우하고 있는지에 대한 사회의 태도를 바로 세우는 일입니다."

발언이 끝났을 때 잠시 정적이 흐른 뒤 몇몇 의원들이 고개를 끄덕였다. 그 순간, 나는 첫 5분 발언의 내용 자체보다 "현장의 구체적인 문제를 의회 안의 공식 의제로 올렸다."는 사실에 의미를 두고 싶었다.

중앙정부에까지 이어진 문제 제기

5분 발언은 시작이었다.

나는 여기에서 멈추지 않고 이 문제를 중앙정부에도 공식적으로 전달하기로 했다. 경기도어린이집연합회와 관계자들, 학부모들이 함께 나섰다. 어린이집의 법적 지위와 도시가스 요금 감면 제도의 구조, 현재 어린이집만 예외가 되어 있는 불합리한 상황을 설명하는 청원서를 만들고, 이에 공감한 원장·교사·학부모 등 1만여 명이 서명을 했다. 나는 그 청원서를 들고 산업통상자원부에 공식 제출했다. 그 청원서는 "도시가스 요금 감면 대상에 어린이집을 포함시켜 달라."는 요청이면서, 동시에 "보육을 제대로 된 사회적 책임의 범주 안에 명확히 위치시켜 달라."는 집단적인 요구이기도 했다.

 서쪽에서 뜨는 해

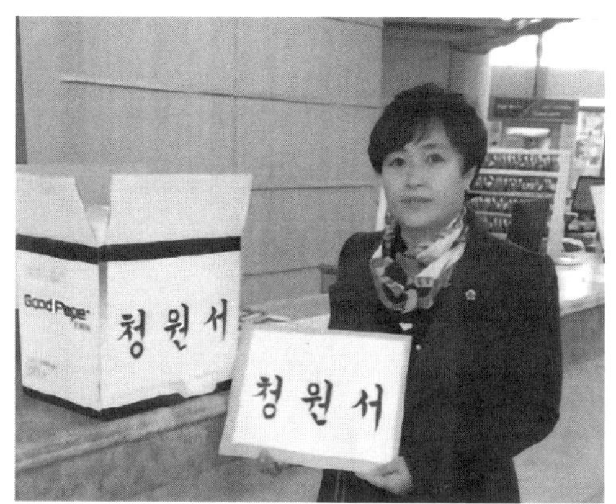

1만여 명의 서명부와 함께 청원서 제출

경기도의회에서의 문제 제기와 중앙정부를 향한 청원이 함께 움직이면서 나는 정치가 할 수 있는 역할과 한계를 동시에 느꼈다. 한 번의 발언, 한 번의 청원으로 모든 것이 곧바로 달라지지는 않는다. 그러나 아무도 말을 꺼내지 않으면 어떤 변화도 시작되지 않는다. 정치는 가끔 "엄청난 결단"처럼 보이지만, 그 출발점은 대개 이런 작은 문제 제기, 작은 발언, 그리고 한 장의 문서와 한 줄의 서명에서부터 시작된다는 사실을 나는 그때 온몸으로 배우고 있었다.

질문하는 의원으로 산다는 것

의정활동 초반, 나는 '질문하는 법'을 새로 배웠다. 행정사무감사, 상임위 회의, 예산심의 자리에서 의원은 공무원에게 묻는다. "이 기준은 어떻게 정했습니까?", "이 사업의 효과를 어떻게 평가하고 있습니까?",

"현장의 의견은 어느 정도 반영됐습니까?" 질문은 짧다. 그러나 그 질문 하나를 만들기 위해 자료를 읽고, 법령을 확인하고, 현장의 이야기를 듣는 과정은 길고도 치밀해야 한다. 나는 질문을 준비하면서 늘 이런 기준을 세웠다. "내가 지금 던지려는 질문 뒤에 현장에서 들은 목소리가 분명히 서 있는가." 사무국장 시절 익힌 현장의 감각은 여기서도 큰 힘이 되었다. 의회에서의 질문은 상대방을 공격하기 위한 도구가 아니라 정책의 빈틈을 찾고 더 나은 방향을 만들어 내기 위한 시작점이어야 한다.

나는 그런 질문을 던지는 의원이고 싶었다.

정치와 행정 사이에서 균형 잡기

의회에 있으면서 나는 정치와 행정의 경계를 자주 느꼈다. 정치는 방향을 잡는 일에 가깝고, 행정은 그 방향을 실제 사업과 절차로 구현하는 일에 가깝다. 정치가 너무 앞서가면 현장이 따라오지 못하고, 행정만 생각하며 말을 아끼다 보면 변화는 일어나지 않는다. 나는 그 사이에서 균형을 잡으려 애썼다. 의회에서는 원칙과 방향을 분명히 말해야 했다. 그러나 동시에 그 말이 현실에서 어떻게 구현될 수 있는지 행정과 재정의 조건을 함께 고려해야 했다. 안산에서 살아온 시간, 경기도어린이집연합회에서의 경험, 그리고 의회에서의 첫 회기들이 조금씩 서로를 보완하며 나의 기준과 언어를 만들어 주었다. 정치를 시작했다고 해서 갑자기 '정치답게' 말할 수 있게 되는 것은 아니었다. 나는 여전히 배우는 중인 학생이었고, 또 배워야 한다고 믿고 있었다.

낯선 학교에서 이어질 배움

그래서 나는 의회를 "졸업이 없는 학교"라고 생각한다. 매 회기마다 새로운 안건이 올라오고, 매년 새로운 예산이 편성되고, 사회와 현장은 끊임없이 변한다. 그 속에서 초선 의원으로서의 첫 시간들은 낯설지만 피할 수 없는 입학식과 같았다. 그 시절의 나를 돌아보면 복도 한쪽을 조심스럽게 걸어 다니는 늦깎이 학생에 더 가깝다.

그러나 분명한 것은, 그 복도를 걸을 때마다 안산이라는 도시가 늘 내 뒤를 함께 걸어오고 있었다는 사실이다. 첫 5분 발언에서 시작된 어린이집 도시가스 요금 문제처럼, 현장의 구체적인 이야기를 제도와 예산의 언어로 옮겨 놓는 일. 그것이 내가 이 '낯선 학교'에서 평생 배우며 해야 할 숙제라는 생각이 들었다. 이제 다음 장에서는 내가 맡았던 상임위 중 하나였던 교육 관련 위원회에서의 시간, 그리고 훗날 교육위원장으로 활동하게 되기까지 교실과 학교, 아이들의 하루를 바라보며 정치를 다시 배워 가게 된 이야기를 이어 가 보려고 한다.

3장

교실에서 찾은 희망,
교육위원회가 열어 준 창

상임위 배정표를 처음 받아 들었을 때 내 이름 옆에 적힌 글자를 한참 보고 있었다.

"교육위원회" 영유아보육과 어린이집 현장에서 일해 온 시간, 아이를 키우는 엄마로 살아온 시간, 그리고 도의원으로 들어오기까지의 경험이 이 네 글자 안으로 한 번에 들어오는 느낌이었다. 어린이집에서 시작한 아이들의 하루는 유치원을 지나 초·중·고교로 이어진다.

정치가 이 흐름을 한 줄로 보지 못하면, 현장은 늘 중간에서 끊기게 되어 있다. "이제는 어린이집 담장을 넘어 유치원과 학교, 그리고 그 주변까지 함께 봐야 한다." 교육위원회는 그렇게 내 정치의 시야를 다시 넓히는 출발점이 되었다.

유치원, 초, 중, 고

교육위원회는 초·중·고등학교뿐 아니라 사립유치원, 공립유치원, 유아교육 전반이 모두 교육위원회 소관이었다. 어린이집 연합회에서 근무할 때부터 나는 "보육과 유아교육, 초등교육은 하나의 흐름"이라고 생각해 왔다. 아이 입장에서 보면 기관 이름이 바뀔 뿐, 하루의 감정과 경험은 이어져 있기 때문이다. 그래서 교육위원회 책상 위에 유치원과 초·중·고 자료가 함께 놓여 있을 때 나는 오히려 자연스럽다고 느꼈다. "이제는 보육-유아교육-초등-중등으로 이어지는 아이들의 전체 궤적을 놓치지 말아야 한다." 정치가 어느 한 지점만 보고 결정을 내릴 때 현장은 늘 그 틈을 메우느라 고생한다. 교육위원회에 있으면서 나는 그 간극을 줄이는 역할을 하고 싶었다.

학교는 교실만으로 이루어지지 않는다

교육위원회 활동을 하면서 나는 금방 깨달았다 "학교는 교실만으로 이루어져 있지 않다."

교실 안 책상과 칠판, 복도, 계단, 운동장, 체육관, 급식실과 화장실, 돌봄교실, 도서관, 그리고 학교 담장을 나선 100미터 안의 모든 길까지. 아이들의 하루는 이 모든 공간을 통과하며 만들어진다. 현장 방문을 가면 나는 일부러 학교 주변을 천천히 걸었다. 학교 앞 스쿨존의 제한속도 표시, 과속방지턱과 신호등, 불법 주정차 차량, 좁은 인도와 튀

어나온 가로수, 아이들이 건너야 하는 횡단보도 위치. 어떤 학교는 큰 도로와 공단 사이에 끼어 있어 출퇴근 시간마다 대형 차량들이 학교 앞을 쉴 새 없이 지나가기도 했다. 어떤 학교는 뒷골목에 아파트 단지와 상가가 뒤섞여 있어 학원 차량, 택배 차량, 배달 오토바이가 스쿨존 안을 계속 돌아다녔다. 학교 안 시설 못지않게 학교 주변 환경과 통학로 안전이 아이들의 교육 환경을 결정한다는 사실은 현장을 갈수록 더 분명해졌다. "이 아이가 오늘 하루 학교에 오고 가는 길, 정말 안전한가?" 교육위원회에서 학교 시설 사업과 예산을 논의할 때마다 나는 학교 안의 시설과 더불어 담장 밖 첫 번째 골목까지 함께 떠올리려 했다.

생활 인프라로서의 학교: 체육관, 급식실, 화장실, 돌봄교실

물론 학교 안의 공간들도 여전히 중요한 과제였다. 체육관이 없는 학교에서는 비만 오면 체육 수업이 흔들렸다. 운동회, 학예회, 졸업식, 입학식 같은 큰 행사를 준비할 때도 늘 하늘을 먼저 쳐다봐야 했다. 각골초등학교를 처음 방문했을 때도 마찬가지였다. "아이들이 체육활동할 실내 공간이 늘 부족합니다. 우천 시 대체 공간이 없다는 것이 가장 큰 고민입니다." 운동장을 바라보며 학교의 이야기를 들었을 때 나는 마음속으로 "이 학교에는 꼭 체육관을 세워야겠다."고 정리했다. 교육청과 여러 차례 논의를 거치고, 예산을 확보하고, 우선순위를 설득하는 과정을 지나 각골초등학교 다목적체육관 신설이 최종적으로 결정되었다. 완공 소식을 들었을 때 나는 이 일을 "사업 하나 해냈다."고 자랑하고 싶지 않았다. 그보다, "비 오는 날에도 아이들이 마음껏 뛰고 땀 흘릴 수 있는 공간 하나를 이 도시에 더했다."이렇게 기억하고 싶었다.

체육관뿐만이 아니었다. 급식실은 아이들의 건강과 노동의 문제가 동시에 걸려 있는 공간이었다. 그럼에도 아예 급식실이 없는 학교도 있었다. 있다고 해도 조리실 동선, 환기, 조리기구 노후 등 열악한 곳 이 많았으며, 조리 종사자의 근골격계 부담. 급식실 개선 예산은 아이 들의 영양과 안전뿐 아니라 조리 종사자들의 건강권과도 연결되어 있 었다. 화장실 역시 "예전과 비교하면 좋아졌다."는 말만으로 끝낼 수 있는 영역은 아니었다. 바닥 미끄럼 방지, 충분한 환기와 조명, 프라 이버시를 지켜 줄 수 있는 칸막이 구조, 저학년 아이들도 편하게 쓸 수 있는 설비, 장애학생과 여학생을 위한 별도의 배려, 위생용품 비치와 수거 방식까지. 이제 학교 화장실은 위생 상태를 걱정하는 수준을 지 나 아이들이 편안함과 존중을 느끼는 공간으로 어디까지 갈 수 있는 지가 과제가 되었다. 여기에 더해 돌봄교실과 방과후교실, 도서관 같 은 공간은 맞벌이 가정과 저소득 가정 아이들의 하루를 지탱하는 핵 심 인프라가 되어 있었다. 나는 교육위원회에서 이 공간들을 한 줄의 시설비가 아니라 "아이들의 생활 인프라"로 보고 다루고 싶었다.

성교육은 선택이 아니라 기본: '경기도교육청 성교육진흥조례'

교육위원회에서 활동하며 여러 조례를 검토하고 의견을 냈지만, 기억에 남는 일 중 하나가 「경기도교육청 성교육진흥조례」 대표발의였다.

아이들이 살아가는 환경은 이미 달라져 있었다. 스마트폰과 인터넷, SNS를 통해 성(性)에 대한 왜곡된 정보와 자극적인 이미지가 쉽게 노출되고 있었다. 성폭력, 디지털 성범죄, 몰카, 온라인 그루밍과 같은 단어들이 더 이상 어른들 세계에만 머물지 않았다. 그런데도 학교의 성교육은 여전히 단발적인 강의나 형식적인 시간에 머무는 경우가 많았다. 나는 이렇게 생각했다. "성교육은 선택이 아니라 기본이다. 아이의 몸과 마음, 관계, 안전을 지키는 교육이 여전히 눈치 보며 이루어지는 현실은 바뀌어야 한다." 그래서 경기도의회 교육위원회에서 「경기도교육청 성교육 진흥 조례안」을 준비하기 시작했다. 당시 다양한 매체의 발전으로 성장기의 학생들이 성에 노출되는 시기는 훨씬 앞당겨졌고, 노출 빈도도 눈에 띄게 높아지고 있었다. 문제는, 이렇게 현실에서는 성 정보에 계속 노출되는데 학교에서 이루어지는 성교육은 턱없이 부족하거나 단발성 캠페인 수준에 머무르고 있었다는 점이었다.

성교육 진흥 조례안 제안 설명

서쪽에서 뜨는 해

나는 이렇게 판단했다. "이대로 가면 학생들에게 성에 대한 잘못된 가치관이 형성될 가능성이 점점 더 커질 수밖에 없다. 학교 성교육을 제대로 활성화해서 아이들의 올바른 성 가치관을 반드시 함께 세워 줘야 한다." 조례를 준비하는 과정에서 교사, 전문가, 교육청 관계자들의 의견을 들었다. 성교육의 내용과 방법, 교사의 부담, 학부모와 지역사회의 인식, 전문기관과의 연계 방식까지 하나씩 점검하며 조례안을 다듬어 갔다. 조례에 담고 싶었던 핵심은 분명했다. 성교육을 단발성 캠페인이 아니라 정규 교육과정 속에서 충분한 시간과 내용을 갖춘 체계로 만들 것. 성교육을 인간의 존엄성, 자기결정권, 자기존중과 타인 존중, 관계의 책임을 배우는 시간으로 만들 것. 그래서 조례 안에는 교육감이 학교 교육과정 운영에 연간 성교육 시간을 20시간 이상 확보하도록 하는 내용을 넣었다. 학교 성교육을 '선택 과목'이 아니라 반드시 강화해야 할 기본 교육으로 끌어올리겠다는 의지를 법적 근거로 남기고 싶었다. 그리고 마침내, 경기도교육청 성교육 진흥 조례안은 2015년 11월 30일 상임위를 통과했다. 조례가 통과되던 날, 나는 조용히 이렇게 생각했다.

"적어도 경기도에서는 아이들이 인간의 존엄성과, 자기 몸과 마음에 대해 조금 더 준비된 상태로 어른이 될 수 있는 길을 하나 더 열었다." 정치는 거창한 구호가 아니라 이렇게 한 조례, 한 조문을 통해 아이들의 교실에 스며들어 가야 한다는 사실을 그때 나는 다시 한 번 확인하고 있었다.

학부모 간담회, 서로의 걱정이 겹치는 자리

교육위원회 활동에서 빼놓을 수 없는 일정들이 있다. 바로 학부모 간담회다. 학교시설, 교육과정, 기초학력, 입시, 돌봄…. 학부모들이 꺼내는 의제는 다양하지만 결국 마지막에는 비슷한 말로 모인다. "우리 아이가 안전했으면 좋겠다.", "우리 아이가 너무 뒤처지지 않았으면 좋겠다.", "우리 아이가 힘들어도 스스로를 포기하지 않았으면 좋겠다." 어떤 학부모는 학교와의 소통 부족을 이야기했고, 어떤 학부모는 기초학력과 학습 격차를 걱정했고, 어떤 학부모는 다문화 가정, 한부모 가정, 조손 가정 아이들의 보이지 않는 어려움을 말해 주었다. 나는 그 자리에 앉아 "정치인의 말"을 하기보다 먼저 듣는 사람이 되고 싶었다. 교육위원회 회의장으로 돌아와 예산과 조례를 놓고 토론할 때 나는 학부모 간담회 장면을 자주 떠올렸다. 서류에 찍힌 '학부모 의견'이라는 네 글자 뒤에는 누군가의 밤, 누군가의 눈물, 누군가의 오래된 걱정이 있다는 것을 잊지 않기 위해서였다.

교실에서, 그리고 학교 밖 골목에서 찾은 희망

돌아보면, 교육위원회에서 보낸 시간은 내 정치 인생에서 "희망의 좌표를 다시 찍어 본 시간"이었다. 체육관이 없어 비 오는 날마다 걱정이 많았던 학교 운동장, 좁은 조리실에서 "그래도 아이들 밥만큼은 제대로 하겠다."고 말하던 조리사들, 행정에 지치면서도 "아이들 때문에

버틴다.”고 웃어 보이던 교사들, 통학로와 학교 주변 환경을 걱정하며 구체적인 개선 요구를 들고 나온 학부모들, 그리고 그 모든 시선의 한 가운데 서 있는 아이들. 책가방을 메고 학교에 들어가는 뒷모습, 쉬는 시간 복도를 뛰어다니는 발소리, 하교길에 친구와 장난을 치며 걸어 가는 모습. “이 아이들이 어떤 도시에서, 어떤 어른들 속에서, 어떤 내 일을 향해 자라나게 할 것인가?”에 대한 집단적인 선택처럼 느껴졌다. 교육위원회에서의 경험은 이후 내가 다른 상임위, 다른 분야에서 일 을 할 때도 늘 기준이 되어 주었다.

“이 정책이, 이 예산이 결국 아이들이 살아갈 도시를 어떻게 바꿔 놓 을 것인가.” 교실에서 찾은 희망, 학교 안팎의 골목에서 본 장면들은 안 산이라는 도시와 경기도를 바라보는 내 정치의 눈금을 바꾸어 놓았다.

이제 다음 장에서는 실제로 여성·가족·교육·교통·안전 등 다른 상임 위에서 도시의 또 다른 얼굴들을 마주하며 “한 도시를 안다는 것”이 얼 마나 많은 현장과 사람들과 연결된 일인지 이어 이야기해 보려고 한다.

| 4장 |

상임위원회에서 본 도시의 뒷모습

도의회에 처음 들어와 내가 가장 먼저 발을 디딘 상임위는 여성·가족·평생교육위원회였다.

그 이후 교육위원회, 예산결산특별위원회, 결산검사위원회, 건설교통위원회, 마지막으로 안전행정위원회로 자리를 옮겨 가며 나는 안산과 경기도를 바라보는 눈을 조금씩 달리 배우게 되었다. 책상 위에 올라오는 보고서의 제목이 바뀔 때마다 도시가 눈에 보이는 방식도 함께 바뀌었다.

여성·가족·평생교육위원회에서는 그야말로 '삶의 가장 안쪽'에서 도시를 보게 되었다. 가정폭력·성폭력 피해자 보호 시설, 한부모·조손 가정 지원, 아이 돌봄 공백을 메우는 다함께 돌봄·지역아동센터, 여성 비전센터와 청소년 시설, 평생학습관과 주민자치센터를 찾아다니며

"이 도시에서 가장 약한 고리는 어디인가, 지금 누구에게 가장 먼저 손을 내밀어야 하는가?"를 매일 질문해야 했다. 예산서의 한 줄은 위기 가정의 쉼터 하나, 야간까지 아이를 맡길 수 있는 돌봄교실 하나, 퇴근 후 다시 책을 펼치는 평생학습 강의실 하나로 바뀌어 현장에 서 있었다.

교육위원회에서는 도시를 보는 눈이 다시 한 번 바뀌었다. 초·중·고와 유치원, 특수학교까지 포함한 경기도교육청 전체 예산을 다루면서 교실과 운동장, 급식실과 도서관, 통학로와 학교 울타리, 방과 후와 방학 시간표까지 아이들의 하루 전체를 따라가며 도시를 봐야 했다.

누리과정 예산, 체육관 신설·개보수, 급식실·화장실 환경 개선, 학교 주변 안전 인프라, 성교육·인권교육·돌봄 정책 같은 것들이 모두 "도시의 교육 생태계"라는 하나의 그림 안에서 연결되어 있었다.

건설교통위원회에서는 도시를 길과 속도, 시간과 거리의 언어로 읽어야 했다. 버스 노선 하나를 늘리거나 줄이는 일이 출근 시간 10분, 막차 시간 5분, 환승 횟수 한 번을 바꾸면서 시민의 일상과 피로를 얼마나 바꾸는지 끝까지 따라가야 했다. 광역버스와 일반버스, 준공영제와 공공버스, 교통약자 이동 지원, 지하차도·교량·보행로·자전거도로·신호체계·CCTV 같은 것들이 "도로 한 줄, 신호 하나"를 넘어서 도시의 안전, 이동권, 삶의 리듬을 결정하는 요소라는 것을 현장에서 확인해야 했다.

안전행정위원회에서는 소방과 치안, 재난과 안전망을 통해 "눈에 잘 보이지 않을 때 오히려 더 중요한 것들"을 들여다봐야 했고, 동시에

도청 조직 전반의 인사·조직·총무·자치행정 등을 함께 다루면서 경기도 전체 행정의 흐름을 한눈에 볼 수 있는 자리이기도 했다.

여기에 더해 예산결산특별위원회와 결산검사위원회 위원장을 맡으면서 나는 경기도와 경기도교육청을 더 크게, 입체적으로 바라볼 수 있었다. 예산결산특별위원회는 매년 12월, 다음 연도의 경기도와 경기도교육청 전체 예산을 최종 심의하는 기구다. 각 상임위에서 올려보낸 수많은 사업과 숫자를 한 번 더 통으로 들여다보며, 어디에 돈이 몰리고, 어디는 매년 반복해서 부족한지, 어떤 분야에 더 과감히 투자해야 하는지를 가늠해야 했다. 반대로 결산검사위원회는 매년 5월, 전년도 경기도와 경기도교육청의 모든 사업 집행 결과를 점검하는 자리다. 잘못 집행되거나 효율이 떨어진 사업은 날카롭게 지적해 다음 해 정책과 예산에 반영하도록 요구하고, 반대로 조용히 꾸준히 성과를 내 온 정책과 사업은 확대·보완이 필요하다고 응원과 격려를 보내야 했다. 예산과 결산을 이렇게 앞뒤로 함께 보면서 나는 도시를 "부서별 보고서 묶음"이 아니라 한 몸처럼 연결되어 움직이는 하나의 생명체로 자연스럽게 바라보게 되었다. 상임위는 다르지만 모든 길은 결국 "사람이 어떻게 사는가?"라는 질문으로 모였다.

여성·가족·평생교육위원회:
집 안과 집 밖 사이에서 본 정치

2010년 처음 도의회에 들어갔을 때 내가 배정된 곳은 여성 가족 평생교육위원회였다.

그 이름은 길고 생소했지만, 막상 현장을 다니기 시작하자 이 위원회가 다루는 영역이 얼마나 넓고, 또 얼마나 삶의 뿌리와 닿아 있는지 곧 깨달았다. 위원회 회의에서 나는 늘 보육·가족·평생교육 예산의 사각지대를 질문했다. "이 예산은 실제 현장에서 어떻게 쓰입니까?", "지원이 끊기는 아이들은 누구입니까?" 그 질문들은 항상 취약한 사람들 쪽으로 향했다. 다문화가정, 돌봄이 필요한 아이들, 경력 단절 여성, 학습 기회를 잃은 시민들. 회의록에는 내가 수차례 현장 점검 결과를 토대로 문제점을 지적하고, 개선 방향을 제안하는 발언이 남아 있다. 작은 조항 하나, 몇백만 원의 예산 증액 하나가 누구에게는 '배움의 기회'이자 '돌봄의 손길'이라는 사실을 현장에서 배웠기 때문이다.

당시 위원회 활동 중 의미 있었던 일 가운데 하나는 '경기도 뷰티산업 진흥 조례안' 대표발의였다. 겉으로 보면 단순한 산업 진흥 조례처럼 보이지만, 내가 이 조례를 바라본 관점은 조금 달랐다. 이미 한류는 K-POP, K-드라마, K-컬처로 전 세계에 알려지고 있었고, 그 흐름 속에서 K-뷰티 산업은 화장품과 미용 기술, 콘텐츠, 교육이 결합된 하나의 거대한 생태계로 성장하고 있었다.

나는 이 조례를 통해 단순히 화장품 산업을 키우는 것을 넘어서,

미용 관련 직업교육, 경단녀와, 청년, 여성의, 재취업·창업, 지역 대학·직업학교·평생학습과의 연계, 뷰티 산업을 기반으로 한 소상공인·프리랜서 일자리 이런 것들을 함께 연결해 보고 싶었다. K-POP 아이돌과 드라마 속 배우들이 만들어 내는 이미지 뒤에는 헤어·메이크업·스타일링·피부관리·네일 등 수많은 현장의 노동이 있다. 나는 '경기도 뷰티산업 진흥 조례'를 그 노동과 기술, 그리고 지역의 평생학습과 직업훈련을 케이뷰티라는 이름으로 하나로 묶어 내는 출발점으로 보고 싶었다. K-뷰티·지역산업· 일자리와 자립까지 확장해 보려 했던 첫 시도, 그게 나에게 이 조례가 갖는 의미였다. 지금 생각해 보면 미래를 보고 앞서갔던 조례다.

또한 위원회는 어린이집 운영자 간담회, 지역아동센터·그룹홈, 가족지원센터 방문 등 현장에서 종사자들의 고충을 직접 듣고 정책으로 옮기는 활동도 활발히 이어 갔다. 어떤 어린이집에서는 보육교사가 "아침부터 저녁까지 아이들을 돌보고도, 정작 자기 성장은 뒤로 미루고 있다."고 했다. 그 말은 오래 내 마음에 남았다. "배움이 필요한 사람은 아이들만이 아니다. 돌봄을 제공하는 사람도 배움이 있어야 더 좋은 돌봄을 줄 수 있다." 이 깨달음은 훗날 내가 평생학습 정책을 만들 때 중요한 기준이 되었다. 돌봄, 평생학습, 가족 문제는 어느 하나 가볍지 않았다. 누군가의 아픈 부분, 부족한 부분, 외로운 부분을 가까이에서 들여다보고 정책으로 연결하는 것 그것이 바로 이 위원회의 역할이었다. 그리고 나는 이 시절, 평생학습이라는 단어의 진짜 의미를 처음 이해했다. 평생학습은 '교실에서 배우는 수업'이 아니었다. 삶을 회복하는 길, 가족을 지키는 힘, 사회로 다시 걸어 들어오는 용기였다.

　특히 다문화가정과 경력단절 여성, 고립된 어르신들은 배움의 기회가 생기면 생활이 달라졌다. 배움은 단지 지식이 아니라 '연결'이었다. 사람과 사람을 잇고, 사회와 시민을 잇는 힘. 그때의 경험은 지금도 내 정치의 뿌리가 된다. 평생학습의 가치는 정책이 아니라 사람의 이야기에서 시작해야 한다는 믿음. 배움은 복지가 아니라 성장이고, 돌봄은 비용이 아니라 미래라는 확신. 회의자료 첫 페이지를 넘기면 늘 비슷한 단어들이 눈에 들어왔다. 종이 위의 단어들 뒤에는 늘 오늘 하루를 버티고 있는 얼굴들이 서 있었다. 맞벌이로 집을 비우는 부모, 조손 가정에서 손주를 돌보는 할머니, 폭력을 피해 집을 나와 낯선 공간에서 다시 삶을 시작해야 하는 여성, 경력이 끊긴 뒤 "다시 나갈 수 있을까?"를 망설이는 중년의 엄마들. 여성·가족·평생교육위원회에서 활동하면서 나는 정치가 단지 산업과 성장, 거대한 숫자만을 이야기하면 도시의 절반이 통째로 가려진다는 사실을 절감했다. 가정 안에서 벌어지는 일, 가족 구성의 모양이 달라지는 현실, 돌봄과 폭력, 해체와 재구성의 문제는 모두 "사적인 일"처럼 취급되어 왔지만 사실은 도시의 가장 깊은 층에서 정치와 정면으로 맞닿아 있는 영역이었다.

폭력과 안전, 더 이상 '집안일'이라고 부를 수 없다는 것

위원회 회의에서 가정폭력·성폭력·스토킹, 성매매 피해, 디지털 성범죄 관련 보고서를 읽다 보면 마음이 무거워지는 날이 많았다.

피해자 보호시설과 상담소, 쉼터를 찾아가 상담사·사회복지사들의 이야기를 들으면 거의 항상 비슷한 말이 나왔다. "문제는 사건 그 자체보다 그 사건이 가능하도록 방치된 구조입니다." 경제적 의존, 주거 불안, "가족 일은 집안에서 해결하라."는 시선, 피해자를 탓하는 2차 가해 문화. 이 모든 것이 폭력이 반복되는 구조를 만든다. 나는 여성·가족·평생교육위원회에서 늘 두 가지를 동시에 떠올리려 했다. 폭력이 발생한 뒤 어떻게 지키고 회복을 돕느냐 폭력이 발생하기 전에 구조를 어떻게 바꾸느냐 상담 인력 확충, 쉼터 운영비, 의료·법률 지원 예산, 그리고 예방교육·인식개선·주거·일자리 정책과의 연계까지. 폭력을 "사적인 문제"로 묻어 버리는 문화와 싸우는 일은 결국 정치가 어디까지 사람의 삶 속으로 들어갈 의지가 있는지에 대한 질문이기도 했다.

경력단절과 평생교육,
'다시 시작할 수 있는 도시인가'라는 물음

현장에서 가장 많이 들었던 말 중 하나는 이거였다. "한 번 경력이 끊기면 다시 시작하기가 너무 어렵습니다." 육아와 돌봄, 가족의 사건·사고로 어쩔 수 없이 회사를 그만둔 뒤 다시 일터로 돌아가고 싶어도 어디서부터 어떻게 시작해야 할지 막막하다는 이야기. 여성인력개발센터와 평생학습관, 재취업 교육 프로그램을 둘러보면서 나는 자꾸 이런 질문을 떠올리게 되었다.

"이 도시가 정말 '다시 시작할 수 있는 곳'인가?" 하나의 교육 프로그램만으로는 문제가 풀리지 않는다. 교육-자격-취업-돌봄-교통이 하나의 흐름으로 이어져야 한다.

아이를 맡길 수 있는 시간과 공간이 있는지, 대중교통으로 다닐 수 있는 위치에 있는지, 교육이 실제 일자리와 연결되는지, 나이가 들었다는 이유만으로 문 앞에서 잘리는 구조는 아닌지, 평생교육은 단지 "배우고 싶은 사람들의 취미 활동"이 아니라 "다시 일어나고 싶은 사람들에게 건네는 징검다리"여야 한다고 나는 이 상임위에서 배웠다. 여성가족평생교육위원회는 '배움이 도시를 만든다'는 지금의 내 철학이 태어난 첫 현장이었다. 처음 맡은 상임위가 여성·가족·평생교육위원회였다는 사실은 지금 돌아봐도 내 정치 인생에서 큰 방향을 정해 준 선택이었다.

교육위원회, 누리과정

2014년부터 몇 년 동안 경기도의회 교육위원회의 가장 큰 화두는 단연 누리과정 예산이었다.

누리과정은 원래 "국가가 책임지는 3~5세 무상보육·유아교육"이라는 약속으로 출발했다. 하지만 막상 예산을 편성하는 단계에 들어서자, 정부는 지방교육재정교부금을 이유로 "이제부터는 시·도교육청이 책임지라."는 입장으로 밀어붙였다. 그때부터 매년 예산심의와 행정사무감사, 그리고 임시회·정례회마다 누리과정은 빠지지 않고 테이블 위에 올랐다. 2014년, 교육위원회로 자리를 옮긴 나는 처음으로 경기도교육청 누리과정 예산을 본격적으로 마주했다. 유치원과 초·중·고 예산만으로도 숨 가쁜 상황에서 어린이집 누리과정 예산까지 교육청 몫으로 떠안으라는 구조였다. 당시 경기도교육청은 정부의 책임 떠넘기기에 항의하는 의미로 당초 예산안에서 어린이집 누리과정 예산을 빼고 도의회에 제출했다. 유치원 누리과정은 편성하면서, 어린이집 누리과정만 제외하는 안이었다. 이 안이 공개되자 교육위원회 안팎에서 곧바로 긴장이 높아졌다. "유치원은 살리고, 어린이집은 빼는 식이면결국 유치원과 어린이집을 갈라놓는 싸움이 된다." 일부 의원들은 "예산을 편성하지 않으면 보육대란이 온다."며 교육청을 강하게 비난했고, 또 일부의원들은 "원래 중앙정부가 책임지겠다고 했던 약속을 슬그머니 교육청으로 돌리는 구조부터 고쳐야 한다."고 맞섰다. 결국 교육위원회와 예결위, 현장의 원장·교사·학부모들의 압박이 함께 작동하면서 경기도교육청은 수정예산을 제출했고, 어린이집 누리과정 예산은 다시 살아났다.

누리과정 예산편성 촉구 기자회견

2015년 이후 상황은 더 거칠어졌다. 전국 시·도교육감협의회가 "어린이집 누리과정 예산 편성을 더 이상 할 수 없다."며 편성 거부를 선언했고, 정부는 "교육청 예산으로 충분히 가능하다."는 입장을 고수했다. 경기도교육청 역시 어린이집 누리과정 예산을 뺀 안을 들고 왔고, 도의회 예산결산특별위원회에서는 여야가 정면으로 부딪히며 "전액 삭감이냐, 일부 편성이냐?"를 두고 날 선 공방이 오갔다. 교육위원회가 마주해야 했던 질문은 항상 두 갈래였다. 하나는, "이 사업은 원래 중앙정부가 책임지겠다고 시작한 국가정책인데 교육청 재정에만 떠넘기는 구조를 그냥 받아들일 것인가?" 다른 하나는, "그렇다고 예산을 편성하지 않으면 당장 다음 해부터 어린이집 보육료가 끊기고 부모와 아이들이 직격탄을 맞게 되는 현실을 어떻게 감당할 것인가?" 누리과정 예산을 둘러싼 싸움은 결국 이 두 질문 사이에서 매년 줄타기를 해야 하는 일이었다.

2016년 이후에도 상황은 쉽게 정리되지 않았다. 일부 시·도교육청은 유치원 누리과정 예산까지 편성하지 않거나 삭감하면서 중앙정부와 정면 대결에 나섰고, 준예산 체제에 들어가거나, 일부만 편성했다가 추경으로 메우는 방식이 반복됐다. 그때 교육위원회 회의실에 앉아 있으면 눈앞의 예산서가 단지 숫자표가 아니라 아이와 부모, 교사와 원장의 얼굴로 보였다. 한쪽에서는 "지금 편성을 해 줘야 당장 현장의 혼란을 막을 수 있다."고 말했고, 다른 한쪽에서는 "매년 이렇게 교육청 예산으로 메우다 보면 결국 중앙정부의 책임은 사라지고 구조적 불공정만 굳어진다."고 맞섰다.

우리는 그 사이에서 어떤 해는 삭감을 막아 내고, 어떤 해는 조건부 편성을 하고, 또 어떤 해는 정부와 교육부를 향해 기자회견과 결의안을 통해 압박을 가했다. 돌아보면, 2014년부터 몇 년 동안의 누리과정 싸움은 단순히 "아이들 보육료 예산을 둘러싼 갈등"이 아니라 중앙정부와 교육청 사이의 책임 공방, 유치원과 어린이집 사이의 형평성 문제, 현재 세대의 부모와 다음 세대의 교육 재정을 어떻게 나눌 것인가에 대한 근본적인 논쟁이었고, 경기도의회 교육위원회는 그 한가운데에서 매년 시험대에 올라야 했다.

예산안을 들여다보며 나는 늘 이렇게 스스로에게 물었다. "지금 이

   서쪽에서 뜨는 해

선택이 눈앞의 한 해를 넘기기 위한 임시처방인지, 아니면 다음 세대를 위한 구조를 바꾸기 위한 버팀목인지.” 누리과정 예산을 둘러싼 몇 년간의 시간은 정치가 “돈을 어디에 쓰느냐?”의 싸움이면서, 동시에 “누가 책임을 지겠다고 말할 것인가?”를 두고 끝없이 되묻는 과정이었다.

그리고 그 과정 속에서 교육위원회의 회의실은 우리 아이들의 오늘과 내일, 두 세대의 시간표가 부딪히는 장소가 되었고, 지금도 누리과정 예산을 바라보면 마음 한편이 여전히 편치 않다.

어린이집과 유치원이 이제 교육부 체계 안에서 통합의 방향으로 묶이고, 제도도 많이 정리되었고, 국가와 지방의 역할 분담도 예전보다는 분명해졌다는 평가가 나온다.

하지만 내 눈에는 여전히 “대한민국에서 아이 키우는 일”이 얼마나 온전히 국가의 책임으로 올라와 있는지에 대해서는 끝까지 증명되지 못한 과제가 남아 있다. 유치원과 어린이집이 한 부처 안에서 통합되는 것은 분명 큰 진전이지만, 아이의 성장 전 과정을 책임지는 국가 시스템으로 보기에는 아직 가야 할 길이 더 남아 있다는 생각을 나는 쉽게 내려놓을 수 없다.

건설교통위원회: 광역버스 준공영제

그 다음 의정활동을 한곳은 건설교통위원회였다. 2016년, 내가 건설교통위원회에 있었을 때 가장 뜨거운 쟁점은 단연 광역버스 준공영제였다. 당시 남경필 지사는 "입석률 0%, 도민 안전"을 내걸고 광역버스를 수익·비용을 함께 관리하는 준공영제 체계로 묶고, 2층 버스 도입과 입석 금지를 패키지로 내세우며 경기도 교통정책의 큰 전환을 선언했다. 경향신문 취지 자체를 반대하는 사람은 많지 않았다. 문제는 방식과 구조, 그리고 형평성이었다. 도의회, 특히 건설교통위원회가 계속해서 지적한 것은 크게 네 가지였다.

도와 시·군, 도의회 사이에 충분한 사전 협의 없이 발표부터 해 버린 졸속 추진 방식, 매년 막대한 재정이 필요한데 도와 시·군 간 분담 구조가 불명확하다는 점, 기존 통합환승 손실 보전 문제도 정리가 안 된 상태에서 또 다른 재정 부담을 얹는다는 점, 무엇보다 광역버스만 먼저 준공영제로 올리고 일반 시내버스와 마을버스는 그대로 두는 것이 형평성 측면에서 타당한가 하는 문제였다. 그때 건설교통위원회 회의장에서 가장 자주 오르내리던 말은 이런 것이었다.

"광역만 사람이고, 일반버스·마을버스는 사람이 아니냐." 광역버스 기사들만 공적 관리와 지원 틀 안으로 들어가고, 일반 시내버스 기사와 마을버스 기사들은 낡은 구조에 그대로 남겨 둔다면, 임금과 근로 조건, 서비스 질, 재정 지원과 안전 기준에서 새로운 불균형이 생길 수밖에 없다는 경고였다.

그해 12월 예산심의와 행정사무감사, 각종 간담회와 토론회에서 우리는 같은 질문을 반복해서 던져야 했다. "도민 안전을 위해 준공영제가 필요하다는 말에는 동의한다. 그러나 누가, 얼마나, 어떻게 비용을 감당할 것인지, 왜 광역만 먼저 공적 틀에 넣고 일반·마을버스는 뒤로 미루는지, 이 구조가 5년, 10년 뒤에도 지속 가능할지 답을 내야 하지 않느냐." 그때는 도와 도의회가 서로 목소리를 높이며 부딪히는 장면이 많았다. 의원으로서 나 역시 갈등의 한가운데 서 있는 느낌을 지울 수 없었다. 시간이 흘러 지금, 경기도 버스 체계를 다시 보면 그때 우리가 걱정했던 광역-일반버스 형평성 문제의 방향은 적어도 구조적으로는 상당 부분 수정되었다. 광역버스는 노선입찰형 준공영제 방식인 '경기도 공공버스' 체계로 대부분 편입되었고, 시내버스는 2024년부터 '시내버스 공공관리제'라는 이름으로 경기도형 준공영제 틀 안에 들어가기 시작했다.

경기도는 2024년 시내버스 1,200~2,200대를 시작으로 2027년까지

도내 시내버스 6,100여 대 전부를 공공관리제로 전환하겠다고 밝힌 상태다.

당시 우리가 우려했던 "광역만 공적 관리, 일반은 방치"라는 구조는 이제 광역+시내버스 전체를 공공버스·공공관리제라는 틀 안에서 관리하는 방향으로 어느 정도 해소된 셈이다.

동시에, 마을버스까지도 준공영제·공공관리제 논의 테이블 위에 올라와 있다. 양주시 등 일부 지역은 이미 마을버스 준공영제 확대를 시작했고, 여러 기초의회에서 마을버스 준공영제 연구모임과 정책 토론이 이어지고 있다. 그러나 형평성 문제가 완전히 사라진 것은 아닌 것 같다. 다만 모양이 바뀌었을 뿐이다.

이제는 버스 전체를 공공관리제·준공영제로 묶는 과정에서 도와 시·군의 재정 부담이 눈덩이처럼 커지고 있고, 시내버스와 마을버스 사이의 임금·처우 격차가 새롭게 불거지고 있다고 한다.

광역과 일반의 형평성 문제를 제도적으로 맞춰가는 대신, 이제는 도-시군-업계-근로자-시민 사이의 재정·책임 형평성 문제가 다음 과제로 우리 앞에 놓여 있는 것이다. 뒤돌아보면, 2016년 건설교통위원회에서 우리가 했던 싸움은 "당장 준공영제를 하느냐 마느냐?"의 싸움이 아니라, "어떤 구조와 기준으로 할 것인가, 누구를 어디까지 함께 데려갈 것인가?"를 두고 벌였던 긴 협상에 가까웠다. 지금 경기도 버스 정책의 지도를 펼쳐 보면, 그때의 논쟁과 갈등은 완전히 헛된 일이 아니었다.

광역버스, 시내버스, 그리고 마을버스와 수요응답형 버스까지, 도시의 이동권을 공적 책임 속에 두려는 시도는 여전히 현재진행형이고, 그 과정에서 새로운 형평성의 기준을 찾는 일 역시 계속 이어지고 있기 때문이다.

안전행정위원회: 자치경찰제도

마지막으로 맡았던 상임위가 안전행정위원회였다. 자치경찰제도가 막 도입되던 시기, 나는 거의 매 회기마다 이 문제를 다루고 있었다. 도의회 회의실에서 토론회를 열고, 관계자 간담회를 진행하고, 방송에 나가 "자치경찰이 도입되면 도민 삶이 무엇이 달라지는지"를 쉽게 설명해 달라는 요청도 여러 번 받았다.

그때 내가 내렸던 총평은 비교적 분명했다.

자치경찰의 출범으로 경기도에 꼭 필요한 맞춤형 치안 서비스가 보다 활성화되었다.

주민과 가장 가까운 곳에서 행정서비스를 제공하는 지방행정과 치안행정이 연계해 한 단계 더 발전할 수 있는 길이 열렸다.

하지만 이런 선언만으로는 아무것도 달라지지 않는다는 것도 잘 알고 있었다.

그래서 나는 제도의 방향을 실제 조례로 고정해 두기 위해 두 가지 작업을 준비하고 있었다.

　하나는 자치경찰의 역할과 범위, 자치경찰 활동의 공정성과 도민 인권 존중 원칙을 담는「경기도 자치경찰 기본 조례」(가칭), 다른 하나는 기존 국가경찰과 경기도 내 특별사법경찰과의 연계, 자치경찰 조직의 설치와 운영 방식을 규정하는「경기도 자치경찰단 설치 및 운영에 관한 조례」(가칭)였다. 제도가 첫발을 떼는 시기에는 항상 혼선이 생긴다. 그래서 나는 도민의 안전에 공백이 생기지 않도록 관련 예산을 미리 확보하고, 자치법규를 만들어 제도의 틀을 잡고, 기존 국가경찰 체계와 충돌하지 않도록 조정하는 일 이야말로 도의회의 책임이라고 생각했다. 자치경찰제를 둘러싼 방송 출연과 토론회는 결국 "경찰 간판을 하나 더 다는 일"이 아니라 도민의 안전을 누가, 어떤 권한과 책임으로 맡을 것인가를 새로 쓰는 과정이라는 점을 설명하는 일이었다.

자치경찰 운영과 개선 방안 토론회

시간이 흘러 지금은 2021년 7월 전국 시행 이후 4~5년 차에 접어든 자치경찰제가 각 시+도 자치경찰위원회 중심의 '국가경찰 일원형+자치사무 분리' 구조로 운영되고 있다. 어린이·노인 안전, 학교 주변 순찰, 지역협력 방범대, 생활 밀착형 치안 정책 같은 눈에 보이는 성과도 쌓이고 있지만, 여전히 많은 평가에서는 국가경찰 중심의 구조를 크게 벗어나지 못했다는 점, 자치경찰위원회의 인사·예산·사무 권한이 제한적이라는 점, 지방행정·소방·교육과의 연계가 충분히 깊어지지 못했다는 점을 이유로 '무늬만 자치경찰제'라는 비판도 함께 존재한다.

나는 이 현실을 크게 부정하면서도, 동시에 포기하고 싶지는 않다. 경찰과 치안 체계는 한 번에 완성형으로 바뀌는 제도가 아니기 때문이다.

자치경찰제가 이름뿐인 제도로 남지 않으려면, 결국 권한과 예산, 책임을 어디까지 지방에 넘길 것인지에 대한 더 솔직한 논의가 필요하다. 그 과정에서 내가 당시 준비했던 '기본 조례'의 취지, 즉 지역 맞춤형 치안, 공정성과 인권, 지방행정과 치안 행정의 실질적 연계라는 원칙은 지금도 여전히 유효한 질문이라고 믿고 있다.

보이지 않을수록 더 중요한 것들

소방과 치안, 재난·재해, 민방위, 자치경찰제도, CCTV와 재난 예·경보 시스템까지. 사고가 나지 않으면 잘 보이지 않지만 한 번 문제가 생기면 도시 전체가 흔들리는 영역들이었다.

소방서와 파출소, 치안센터, 재난안전대책본부를 방문해 이야기를 들으면 공통된 말이 있었다.

"우리가 눈에 안 띌수록 도시는 더 안전해지고 있다는 뜻일지도 모릅니다."

하지만 정치의 역할은 그 "보이지 않는 안전"을 유지하기 위해 얼마나 많은 준비와 투자가 필요한지 계속 설명하고 설득하는 데 있었다. 노후 소방차량 교체, 소방서 신·증설, 119 구조인력 확충, 출동시간 단축, CCTV·비상벨 확충, 재난대응 시스템 고도화, 현장 인력들의 처우 개선과 트라우마 치유 지원. 안전 행정위원회는 "아무 일도 일어나지 않기 위해 얼마나 많은 일을 해야 하는지" 매일 확인하는 자리였다.

골목의 정치, 한 번 가 보면 잊히지 않는 장면들

여성·가족·평생교육위원회, 교육위원회, 건설 교통위원회, 안전 행정위원회를 거치고 예산결산특별위원회, 결산 검사위원회까지 거치면서 나는 수많은 회의실과 현장, 골목을 다녔다. 새벽에 출근하는 근로자들이 걷는 인도, 학원 차와 배달 오토바이가 엉켜 있는 이면도로, 유모차와 휠체어가 신호를 기다리는 횡단보도, 야간에 혼자 귀가하는 여성들이 지나야 하는 골목, 경찰차와 구급차가 자주 오가는 구간. 한번 가 보면 잊히지 않는 장면들이 있다. 비가 온 뒤 물이 잘 빠지지 않는 도로, 버스정류장까지 너무 멀게 느껴지는 언덕길, 아이들이 매일 건너야 하는데도 신호등 하나, 횡단보도 하나 부족한 사거리, 골목 모퉁이마다 다닥다닥 붙어 있는 CCTV 안내 표지. 이 장면들을 보고 나

서쪽에서 뜨는 해

면 회의장에서 "예산"이라 부르는 숫자들이 결코 추상적으로 느껴지지 않았다. 한 줄의 예산이 어느 골목의 가로등이 되고, 어느 아이의 통학로 안전이 되고, 어느 여성의 야간 귀갓길을 지켜 주는지를 이제 몸으로 알게 되었기 때문이다.

도시 인프라와 돌봄, 결국 하나의 이야기

여러 상임위를 오가면서 나는 점점 더 확신하게 되었다. "돌봄 정책과 도시 인프라는 따로 존재하지 않는다." 야간버스가 끊기는 도시에서 돌봄노동자의 퇴근길은 곧 안전의 문제다. 스쿨존과 인도가 허술한 동네에서 아이들의 통학은 가족의 불안 그 자체다. 여성·가족센터와 평생학습관이 대중교통 접근성이 떨어지는 곳에만 있다면 평생교육 참여 여부는 의지의 문제가 아니라 발이 닿느냐의 문제가 된다. 치안과 소방, 재난 대응 인력이 부족한 지역에서는 가정폭력·화재·산업재해의 위험이 더 큰 두려움으로 다가온다.

결국 도시의 길과 골목, 버스와 지하철, 가로등과 CCTV, 학교와 복지관, 여성·가족시설과 평생 학습공간은 한 사람의 24시간이 얼마나 안전하고, 얼마나 덜 고단한지를 결정하는 하나의 연결망이었다.

안산에서 배운 것, 도시를 통째로 보는 감각

돌아보면, 처음 도의회에 들어와 여성·가족·평생교육위원회에서 가정과 돌봄, 평생학습을 배웠고, 교육위원회에서 아이들의 눈높이로 도시의 미래를 다시 봤고, 건설 교통위원회에서 길과 속도, 시간의 불평등을 배웠고, 안전 행정위원회에서 보이지 않을수록 더 중요한 안전의 세계를 배웠다. 그리고 그 모든 배움의 중심에는 늘 안산이 있었다.

공단과 주거지, 학교와 골목, 버스와 지하철, 복지관과 평생학습관, 파출소와 소방서, 공원과 시장이 한 도시 안에서 부딪히고 섞여 있는 곳. 안산이라는 도시를 통해 나는 "정치가 어디에서 시작되고 어디까지 가야 하는가?"를 조금씩 배워 나갔다. 정치가 거대한 말들로만 이야기될 때 도시는 잘 보이지 않는다.

하지만 골목과 도로, 버스와 통학로, 가정과 학교, 복지관과 소방서에서 정치를 바라보면 한 도시의 삶과 구조, 희망과 불안이 놀라울 만큼 또렷하게 드러난다. 이제 1부의 마지막 장에서는 여러 상임위에서 쌓인 이런 경험들이 어떻게 안산을 위한 구체적인 예산과 사업, 그리고 중앙정부와 안산을 잇는 비전으로 이어졌는지 정리해 보려고 한다. 정치를 "배우는 시간"에서 도시의 "다음 12년을 설계하는 시간"으로 내 시선이 옮겨 가던 순간들을 차분히 되짚어 보고자 한다.

싸움과 타협 사이
시민 편에 서기 위한 선택들

정치에 들어와서 가장 많이 들었던 말 중 하나는 이거였다. "너무 싸우지만 말고, 그렇다고 너무 타협하지만도 말고." 들으면 들을수록 애매한 말이다. 언제는 싸워야 하고, 언제는 물러서야 하는지 정답이 적힌 매뉴얼 같은 건 없다. 의정활동 12년 동안 나는 수많은 싸움과 타협의 순간을 마주했다. 예산을 두고, 조례를 두고, 정책 방향을 두고, 여야 사이에서, 행정부와 의회 사이에서, 때로는 당과 지역구 사이에서. 그때마다 내게 돌아오던 질문은 결국 하나였다.

"지금 이 자리에서 진짜 시민 편에 서는 선택은 무엇인가."

5장은 그 질문을 붙들고 내가 싸웠던 순간들, 물러섰던 순간들, 그리고 끝내 시민 쪽으로 몸을 기울이려고 했던 선택들에 대한 기록이다.

'싸우지 말라'는 말 속에 숨어 있는 것들

정치판에 들어와 처음 몇 년 동안 나는 '싸우지 말라'는 말에 약했다. "의원은 원만해야지.", "괜히 튀면 손해다.", "당과도 각 안 세우는 게 좋다." 이런 말을 들으면 왠지 내가 너무 거칠게 구는 사람처럼 느껴졌다. 회의장에서 한마디를 보태기 전에 스스로를 한 번 더 눌러 앉히게 되는 순간도 많았다.

그런데 실제 현장에서 싸움을 피할 수 있는 문제는 거의 없었다. 누리과정 예산, 교육과 돌봄의 기준, 학교 시설과 통학로 안전, 여성·가족·복지 정책, 산단 재편과 환경·노동 문제, 교통·안전 인프라의 우선순위. 어느 것 하나 "원만하게 중간 지점에서 정리해 봅시다."라는 말로 깔끔하게 해결되는 사안이 아니었다. 싸우지 말라는 말은 종종 "지금 구조를 건드리지 말라."는 뜻이기도 했다.

그리고 그 구조 속에서 늘 손해를 보는 쪽은 대부분 정치와 거리가 먼 시민이었다.

그래서 나는 어느 순간부터 싸움을 피하는 정치를 지향하기보다 "싸워야 할 대상과 지점을 정확히 고르는 정치"를 해야겠다고 마음먹었다.

피할 수 없는 싸움, 피해야 하는 싸움

12년 동안 회의장을 오가면서 나는 싸움에도 종류가 있다는 걸 배웠다. 누군가를 향한 공격을 위해 벌이는 싸움, 당장의 정치적 이익을 위한 싸움, 카메라 앞에서 보여 주기 위한 싸움은 가능하면 피해야 했다.

하지만 이미 약속된 권리를 후퇴시키려는 시도, 눈에 잘 띄지 않는 사람들의 권리를 늘 "나중에"로 미루려는 시도, 도시의 내일을 축소시키는 결정 앞에서는 싸움을 피할 수 없었다.

예산을 줄이자는 쪽과 지키자는 쪽 사이에 서 있을 때, 조례를 없애거나 무력화하자는 쪽과 살려야 한다는 쪽 사이에 서 있을 때, 나는 기준을 이렇게 세우려고 했다. "이 싸움을 피했을 때 결국 손해를 보는 쪽이 시민이라면, 그 싸움은 피하면 안 된다." 이 기준으로 보면 싸움의 이유는 단순해진다. 내 자리를 지키기 위해 싸우는지, 시민의 자리를 지키기 위해 싸우는지. 나는 가능하면 후자를 선택하려고 했다.

타협이 비겁해지는 순간, 그리고 필요한 순간

싸움만이 능사는 아니다. 의정활동을 하다 보면 어느 순간은 "이 정도에서 받아들이는 것이 오히려 시민에게 이익이 되는 선택"인 경우도 있다. 완벽한 안을 고집하다가 아무것도 통과시키지 못하는 것보다, 불완전하지만 일단 시작하게 만들어 놓고 나중에 한 번 더 고치는 것이 현실적으로 더 나은 길일 때도 있다. 예산도 마찬가지였다. 원안 그대로를 관철시키려다가 예산 전체가 뒤엉켜 버릴 위험이 있을 때, 일단 필요한 최소한을 확보하고 그 다음 해를 기약해야 하는 순간들이 있었다. 그럴 때마다 나는 스스로에게 물어야 했다. "지금 이 타협은 비겁함에서 나온 것인가, 아니면 시민에게 실제 이익을 남기기 위한 선택인가.” 타협이 비겁해지는 순간은 설명할 수 없는 타협을 할 때다.

“왜 그렇게 했는지 시민 앞에서 설명할 수 없다면, 그건 타협이 아니라 회피”라고 나는 스스로에게 자주 말했다.

반대로 욕을 먹을 걸 알면서도 “지금 조건에서는 여기까지가 시민에게 가능한 최선의 결과”라고 설명할 수 있을 때, 나는 그 타협을 받아들이려고 했다. 싸움과 타협 사이에서 가장 중요한 건 “나중에 시민 앞에서 설명할 수 있는가?”였다.

지역과 전체 사이, 안산만 보지 않기 위한 선택

도의원으로 있으면서 나는 늘 안산 몫의 예산과 사업을 챙기려고 했다.

하지만 모든 회의에서 안산만 외칠 수는 없었다. 경기도 전체 예산을 조정하고 도 전체의 구조를 손보는 자리에서 지역 이기주의로만 보이는 태도는 결국 안산에도 도움이 되지 않았다.

실제 회의장에서는 이런 순간들이 있었다.

안산 관련 사업은 일정 부분 확보가 되었지만, 다른 시·군의 절박한 현안과 예산이 충돌할 때 단기적으로는 우리 지역에 도움이 되는 안과 장기적으로는 도 전체 시스템을 개선하는 안 사이에서 선택해야 했을 때 이때 나는 내 지역만 바라보고 손을 들기보다 “경기도 전체 구조를 바꾸는 일이 결국 안산에도 더 큰 길을 열어 주는가?” 이 질문을 먼저 던지려고 했다. 안산을 위해 싸우는 일과 전체를 위해 구조를 바꾸는 일은 언제나 충돌하는 것은 아니었다.

오히려 전체 판을 이해하고 움직일 때 안산의 설득력도 함께 커지는 경우가 많았다.

그래서 나는 "안산만 챙기는 의원"이 아니라 "전체 판을 보면서 그 안에서 안산의 길을 찾아내는 의원"이 되고 싶었다. 이 역시 싸움과 타협 사이의 선택이었다. 눈앞의 이익만 따라가는 대신 더 넓은 판에서 길을 찾으려 할 때 당장은 욕을 먹더라도 나중에 설명할 수 있는 선택이 된다고 믿었다.

당과 지역 사이, 설명 가능한 선택을 남기기

정치를 하다 보면 당의 입장과 지역의 요구가 꼭 같은 방향을 향하지는 않는다.

조례안 표결, 예산, 성명서, 중앙정치에서 크게 다루는 사안들. 당론이 정해지면 그 안에서 움직이는 것이 편하다.

하지만 지역에서 들은 목소리와 당의 공식 입장이 뚜렷하게 어긋날 때 선택은 단순하지 않았다. 나는 이런 상황에서 이렇게 기준을 정해 두었다. 먼저, 지역의 현실과 데이터를 당 안에 끝까지 설명하는 사람이 될 것. 가능하면 당의 방향과 지역의 필요가 충돌하지 않는 지점을 찾도록 끝까지 조정해 볼 것. 그래도 간극이 줄어들지 않을 때 마지막으로 남는 질문은 항상 같았다. "이 결정에 대해 나중에 시민 앞에서 내 이름을 걸고 설명할 수 있는가."

'중간이 편하다'는 유혹과 끝까지 서 있어야 하는 자리

정치에서 가장 유혹적인 자리는 사실 싸움의 한가운데가 아니라 중간 지점이다.

양쪽 이야기를 다 이해한다고 말하면서 실제 선택은 미루는 자리, 표가 갈릴 만한 안건에서는 되도록 이름을 남기지 않으려는 자리. 의정활동을 하면서 나 역시 그 자리가 얼마나 편한 자리인지 느낀 적이 있다. 하지만 동시에 알게 되었다. 이 중간 지점이 반복되면 정치는 어느새 아무 책임도 지지 않는 언어가 된다는 것을.

12년간 수많은 조례와 예산, 정책 안건을 다루면서 나는 적어도 몇 가지 주제에 관해서만큼은 중간에 서지 말아야 한다고 생각하게 되었다.

사람들이 안전과 존엄을 지키는 문제, 이미 사회가 한 번 합의하고 약속한 권리를 후퇴시키려는 시도, 폭력과 차별, 혐오를 "원래 그런 것" 으로 넘기는 구조, 도시의 미래를 갉아먹는 결정들이 영역에서는 "중간에 서 있다."는 말이 사실상 한쪽 편에 서 있다는 것과 다르지 않았다. 적어도 나는 이 네 가지 축에 관한 한 끝까지 자리를 지키려 했다.

다음 12년을 향해: 싸움의 경험을 비전으로 바꾸기

1부의 마지막 페이지를 쓰면서 나는 싸움과 타협의 기억을 한 번 더 꺼내 보게 되었다.

정치에서 싸움은 피할 수 없다. 타협 역시 피할 수 없다. 문제는 싸움과 타협의 기준을 어디에 둘 것인가, 그리고 그 기준을 끝까지 지켜 낼 수 있는가 하는 것이다.

이 책의 2부와 3부에서는 이제 이 싸움의 경험들을 안산의 산업·도시 구조를 앞으로 어떻게 바꿔 나갈 것인지에 대한 비전, 교육·돌봄·복지·교통·안전을 하나의 도시 설계도로 묶어 내는 구상, 중앙정부와 안산을 잇는 새로운 정치의 역할에 대한 제안으로 이어 보려고 한다.

1부가 "어떻게 싸워왔는가, 어떤 기준으로 타협해 왔는가?"에 대한 기록이라면, 2부와 3부는 그 시간을 바탕으로 "앞으로 안산의 다음 12년을 어떻게 설계할 것인가?"에 대한 구체적인 성과와 계획, 제안의 장이 될 것이다.

싸움의 기억이 없다면 비전은 공허해진다.

타협의 경험이 없다면 비전은 허황돼진다.

싸움과 타협 사이에서 시민 편에 서려고 했던 12년의 시간 위에, 이제 안산의 다음 12년을 현실적인 언어로 그려 보고자 한다.

그것이 이 책을 통해 내가 정치인으로서 할 수 있는 최소한의 책임이라고 믿고 있다.

2부

예산으로 짓는 도시

예산, 특별조정교부금, 사업, 그리고 변화

6장

예산은 숫자가 아니라
사람의 얼굴이다

처음 도의회에서 예산서를 받아 들었을 때 솔직히 말하면 '공포감'이 먼저 올라왔다.

몇천 페이지에 이르는 두꺼운 책, 눈이 시릴 만큼 빽빽하게 적힌 세입·세출 항목, "○○과 ○○사업 ○○억 원"이라는 문장이 끝도 없이 이어졌다.

그 속에서 안산이라는 단어를 찾고, 안산과 직접·간접으로 연결된 사업을 표시해 두고, 이게 우리 도시에서 어떤 모습이 될지를 떠올리는 일은 처음에는 거의 퍼즐을 푸는 것에 가까웠다.

그런데 예산서를 붙들고 몇 해를 지나면서 나는 조금씩 감각이 바뀌었다.

예산은 단순한 숫자 나열이 아니라, "경기도는 앞으로 어떤 1년을 살겠다는 집단적인 설계도"라는 걸 몸으로 알게 되었다.

그리고 그 설계도 속에서 안산 몫을 찾아내고, 확보하고, 지키는 일은 그냥 돈을 가져오는 일이 아니라 "안산 시민의 얼굴을 숫자 속에 새겨 넣는 일"에 가깝다는 것도.

예산서 속 숫자를 지도로 바꾸는 일

예산 심의가 시작되면 회의장에는 늘 비슷한 풍경이 펼쳐진다.

각 실국에서 올라온 예산안 설명, 각 상임위원회별 세부 심의, 예결특위의 종합 조정, 그리고 본회의 의결까지, 절차만 놓고 보면 정해진 수순처럼 보인다.

하지만 현장에서 느끼는 예산 심의는 절대 단순한 '수순'이 아니다. 어떤 항목은 숫자 하나 줄이는 데도 서로 얼굴을 붉히며 몇 시간을 토론해야 했고, 어떤 항목은 한 줄을 새로 끼워 넣기 위해 수차례 설득과 설명을 반복해야 했다.

나는 이 과정에서 나만의 작은 예산 읽는 법을 갖게 됐다. 예산서를 펼칠 때마다 머릿속에 먼저 지도를 그리는 것이다.

예를 들어, 'ㅇㅇ도로 확장 공사 30억'이라는 문장을 보면 나는 먼저 그 도로의 풍경을 떠올린다. 출근 시간, 버스 안에서 서서 흔들리는 사람들, 물이 차면 늘 통행이 막히는 구간, 아이 손을 잡고 횡단보도 신호를 기다리는 부모 얼굴.

'ㅇㅇ복지관 기능보강 10억'이라는 문장을 보면 노인 분들이 앉아 있는 프로그램실, 장애인 활동지원사의 하루 동선, 비 오는 날에도 문

　　　　　　　　　　　　　　　　　　　　

열고 들어오는 이웃의 보폭이 떠오른다.

예산은 종이 위에서는 숫자지만, 현장에서는 "누가 어디에서 조금 덜 힘들어지는가?"로 바뀐다. 그래서 나는 예산서를 지도로, 숫자를 얼굴로 바꾸어 읽으려 했다.

특별조정교부금, 종이에 찍힌 도장의 무게

2부의 제목에는 "특별조정교부금"이라는 말이 들어 있다. 조금 어렵게 느껴지는 이 단어는 의정활동을 하면서 내가 가장 많이 씨름했던 도구 중 하나다. 간단히 말하면 특별조정교부금은 경기도가 각 시·군의 현안을 해결하기 위해 재량을 갖고 지원하는 예산이다. 정해진 배분 공식이 있는 일반 교부금과 달리, 현장의 시급성·정책적 필요성·파급효과 등을 종합해서 우선순위를 정한다.

그래서 이 예산에는 항상 "선택"과 "판단"이 따라붙는다.

어느 시·군에 먼저 보낼 것인가, 어떤 사업부터 도와줄 것인가, 한정된 돈으로 어느 정도까지 책임질 것인가, 도의원 입장에서 특별조정교부금은 두 가지 얼굴을 가지고 있었다. 하나는, "놓치면 안 되는 기회"로서의 얼굴이다. 시 예산만으로는 감당하기 어려운 학교·도로·복지시설·문화체육 인프라를 한 발 더 당겨올 수 있는 수단, 중앙부처 공모사업과 연계해 매칭 예산을 끌어와야 할 때 경기도 몫을 채울 수 있는 수단이었다.

다른 하나는, "항상 설득이 필요한 예산"이라는 얼굴이다. 경기도 전체 시·군이 각자의 사정을 안고 이 예산을 필요로 한다. 그 속에서 안산의 필요를 설명하고, 안산에 보내야 하는 이유를 설득하고, 이미 받은 예산의 집행과 효과를 증명해야 한다. 나는 이 두 얼굴 사이에서 늘 이렇게 생각하려 했다. "이 돈은 단지 우리 시의 몫을 늘리는 돈이 아니라, 경기도라는 큰 틀 안에서 안산이 맡아야 할 역할을 제대로 수행하게 만드는 연료다."

그래서 특별조정교부금을 요청할 때는 항상 두 가지를 함께 설명하려 했다.

이 사업이 안산 시민의 삶을 어떻게 바꾸는지 동시에 경기도 전체 구조 안에서 어떤 의미를 가지는지 이 기준으로 잡고 보면 특별조정교부금은 단순한 '플러스 예산'이 아니라 "도시의 방향과 역할을 드러내는 정치적 선택"이 된다. 예산은 "되는 사업"이 아니라 "해야 할 일"에서 출발해야 한다. 예산을 두고 논의하다 보면 이런 말이 자주 나온다. "되는 사업부터 합시다.", "일단 빨리 집행할 수 있는 것부터 넣죠." 물론 행정의 입장에서 보면 집행률은 중요한 지표다. 정해진 기간 안에 예산을 제대로 쓰지 못하면 다음 해에 불이익을 받을 수도 있다.

하지만 정치의 입장에서 보면 나는 이 말을 조금 다르게 받아들였다. "되는 사업"만 골라서 하다 보면 늘 쉬운 곳부터, 목소리 큰 곳부터, 효과가 눈에 잘 보이는 곳부터 손대게 된다.

그렇게 몇 년이 지나면 도시의 지도가 기울기 시작한다. 늘 먼저 개선되는 동네가 있고, 늘 나중으로 밀리는 동네가 있고, 끝내 순서조차

　　　　　　　　　　　　　　　　　　서쪽에서 뜨는 해

잡히지 않는 동네가 생긴다.

나는 예산을 이야기할 때 가능하면 이런 순서를 지키고 싶었다.

1. 정말 해야 할 일의 목록을 먼저 적는다.
2. 그중에서 당장 예산을 확보할 수 있는 것과 중장기 계획으로 가져가
   야 할 것을 나눈다.
3. 그 과정에서 "쉬운 일"이 아니라 "꼭 필요한 일"부터 기준을 세운다.

물론 현실에서는 항상 이 이상적인 순서대로 되지는 않는다. 하지만 적어도 예산을 바라보는 출발점만큼은 "집행이 쉬운가?"가 아니라, 이 기관이, 이 단체가, "이 도시에서 꼭 해야 하는 일인가?"에서 출발해야 한다고 스스로 계속 상기시켰다.

그렇지 않으면 예산은 어느 순간 "시스템을 위한 예산"이 되어 버리고, 시민은 그 시스템을 따라가는 존재로만 남게 된다.

숫자 뒤에 숨지 않기: 설명할 수 있는 예산

예산은 정치인이 숨기 가장 쉬운 곳이기도 하다. "재정 여건상 어렵습니다.", "국비·도비 구조 때문에 어쩔 수 없습니다.", "담당 부서와 협의한 결과입니다."

이 말들 뒤에 숨어 버리면 어지간한 비판은 피해갈 수 있다. 하지만 시민 입장에서 보면 이건 대단히 불친절한 태도다.

그래서 나는 적어도 내 지역과 관련된 예산에 대해서만큼은 이렇게 마음을 먹었다.

"설명할 수 있는 예산을 만들자." 왜 이 사업이 우선순위에 올랐는지, 왜 올해는 못 했고 내년으로 넘겼는지, 왜 이만큼은 확보했지만 저만큼은 포기해야 했는지, 왜 이 동네부터, 이 시설부터 시작하는지, 이걸 내 입으로 설명할 수 없다면 그 예산은 아직 완성되지 않은 예산이라고 생각했다. 예산서를 읽는 일만큼이나 예산을 "말로 풀어내는 일"이 중요했다. 그래야 숫자만 보는 예산이 아니라 사람과 장소, 시간과 감정이 함께 따라오는 예산이 된다.

이 책의 2부가 바로 그 설명의 한 형태다.

7장부터 11장까지는 교육·돌봄, 교통·도시 인프라, 산업단지·일자리, 복지·돌봄·여성·노인, 문화·체육·평생학습 인프라에 이르기까지 안산으로 지원받은 예산과 사업들이 구체적으로 어떤 변화를 만들었는지를 조금 더 천천히 풀어 보려 한다.

예산은 "도시의 성격"을 바꾸는 도구다

정치에서 예산은 "돈을 어떻게 썼느냐?"를 기록하는 장부 같지만, 조금만 눈을 돌려 보면 예산은 이 도시가,

• 무엇을 중요하게 생각하는지

　　　　　　　　　　　　　　　　　서쪽에서 뜨는 해

를 가장 솔직하게 드러내는 거울이다.

어떤 도시는 도로와 건물에 예산을 집중하고, 어떤 도시는 교육과 복지에 더 큰 비중을 둔다.

또 어떤 도시는 신도시 개발에, 어떤 도시는 구도심 재생에 더 많은 돈을 쓴다.

안산이라는 도시를 내가 사랑하게 된 이유 중 하나는 이 도시가 가진 공단·도시·바다·다문화·교육·평생학습이라는 얼굴들이 서로 부딪히면서도 어떻게든 함께 살아 보려 애쓰는 곳이기 때문이다.

그래서 안산의 예산을 설계하고 확보하는 일은 늘 "균형 감각"이 필요했다. 공단의 경쟁력을 지키면서도 환경·안전·노동의 기준을 높이는 일 교육과 복지의 안전망을 넓히면서도 재정 건전성을 유지하는 일 새로운 교통망을 깔면서도 골목길과 생활도로의 안전을 놓치지 않는 일 문화·체육·평생학습 인프라를 확충하면서 특정 지역에만 편중되지 않게 하는 일 예산은 결국이 많은 것들 사이에서 "어디까지, 누구부터"를 정하는 작업이었다. 그리고 그 결정은 도시의 성격을 바꾸는 일이기도 했다.

사람의 얼굴이 보이는 예산으로

다시 처음으로 돌아가 보자.

처음에는 두꺼운 예산서를 보면 한숨부터 나왔다. 하지만 의정활동 12년을 지나고 나서 나는 이제 예산서를 펼칠 때마다 조금 다른 마음이 든다. "이 숫자들 뒤에 오늘 안산을 살고 있는 사람들의 얼굴이 얼마나 선명하게 드러날 수 있을까." 예산은 숫자로 쓰이지만 기억은 장면으로 남는다.

공원에 물놀이 시설이 생기던 날, 주택가에 공영주차타워가 생기던 날, 새로 문을 연 복지관 로비에서 들리던 웃음소리, 체육관 바닥에 처음 발을 디디던 아이의 표정, 통학로에 신호등이 생기고 그 앞에서 잠시 숨을 고르던 엄마의 눈빛, 새로운 프로그램 공고문을 손에 쥐고 "한 번 해 볼까?"라고 말하는 중년의 목소리.

나는 이 장면들을 떠올리며 예산을 기억하고 싶다.

7장

길을 바꾸면 삶이 달라진다,
교통·도시 인프라 예산

아침 출근 시간, 안산 곳곳의 정류장과 도로를 떠올려 본다. 공단으로 들어가는 버스를 타기 위해 잠이 덜 깬 눈으로 버스 번호판을 확인하는 사람들, 전철역 계단을 뛰어 내려가 문이 닫히기 직전 지하철에 몸을 밀어 넣는 사람들, 아이를 학교 앞까지 데려다 주고 다시 회사 쪽 버스를 잡으러 달리는 부모들, 이 장면 하나하나 뒤에는 늘 교통과 도시 인프라 예산이 숨어 있다. 도로의 폭과 노선 배치, 환승센터와 광역버스, 지하철 노선과 배차 간격, 보도와 자전거도로, 빗물 배수와 하천 정비, 주차장과 공원, 방재 시설, 의정활동 12년 동안 나는 이 예산들을 숫자로만 보지 않으려 했다.

"길을 어떻게 깔고, 도시의 흐름을 어디로 돌릴 것인가?"를 정하는 일은 결국 사람들의 시간을 어떻게 나눌 것인지, 어떤 삶을 가능하게 만들 것인지에 대한 선택이었기 때문이다.

출퇴근길에서 본 '시간의 불평등'

교통 문제를 이야기할 때 우리는 자주 '막힌다', '뚫린다'로 말한다. "출근길에 차가 너무 막힌다.", "전철이 너무 혼잡하다." 하지만 나는 의정활동을 하면서 점점 교통을 "시간의 불평등" 문제로 보게 됐다.

어떤 사람은 지하철 한 번만 타면 한 시간 안에 출퇴근을 마친다. 어떤 사람은 버스를 두 번, 세 번 갈아타면서 1시간 30분, 2시간씩 도로 위에 서 있어야 한다. 어떤 동네는 버스가 5분 간격으로 다니고, 어떤 동네는 20분, 30분을 기다려야 겨우 한 대가 온다.

같은 도시 안에서 누구는 퇴근 후 가족과 저녁을 먹을 시간이 생기고, 누구는 퇴근과 동시에 아이의 잠든 얼굴만 보고 하루를 마친다.

이 차이는 개인의 능력 차이가 아니라 "도시가 어떻게 길을 깔아 두었는지"에서 비롯된다.

나는 도의회 건설교통위원회에서 버스·지하철·도로 예산을 볼 때마다 노선도와 교통량 그래프 뒤에 "누가 얼마나 오래 서 있을까, 누가 얼마나 덜 기다릴 수 있을까?"를 함께 떠올리려 했다.

교통예산은 결국 도시가 누구의 시간을 더 아끼고, 누구의 시간을 더 낭비하게 만들 것인가에 대한 선언이었다.

버스 노선과 배차 간격,
'되는 대로'가 아니라 '되게 만드는 일'

안산은 공단과 주거지, 대학과 상권, 구도심과 신도시, 해양·내륙이 뒤섞인 도시다.

그래서 버스 노선 하나를 바꾸는 일도 단순하지 않았다. 광역버스·시내버스·마을버스 노선을 조정하고, 배차 간격을 늘리고 줄이고, 막차와 첫차 시간을 조정하는 일은 항상 예산과 노선, 회사와 기사·승객의 이해관계가 복잡하게 얽혀 있었다.

버스 관련 예산을 논의할 때 자주 등장하는 말이 있었다. "수요가 있는 곳부터"가 맞는 말이지만, 문제는 여기에서 끝나면 교통이 항상 "이미 사람이 많은 곳" 위주로만 설계된다는 점이다.

사람이 적어서 버스가 적은 건지, 버스가 적어서 사람이 적은 건지 구분하기 어려운 구간들이 있었다.

특히 공단과 구도심 사이, 구도심과 신도시 사이, 역에서 먼 외곽 동네는 "수요가 적다."는 이유로 늘 후순위로 밀리기 쉬웠다.

경기도 교통 관련 예산을 안산으로 가져올 때 나는 되도록 이런 구간을 우선적으로 설명하려 했다. 한 대 끊기면 다음 차까지 30분 이상 기다려야 하는 노선, 새벽·야간에 교대근무 근로자들이 택시에 기대야 하는 구간, 노인·학생 비율이 높은데도 환승이 불편한 동네, 이 지점들을 "수요가 낮은 곳"이 아니라 "시간의 불평등이 가장 심한 곳"으로 보고 보완하는 예산을 끌어오고 싶었다. 버스 노선 하나, 배차 간격

몇 분 차이가 누군가의 하루에서 수면 시간을 늘려 주고, 아이와 마주 보는 시간을 조금 더 만들어 주고, 몸과 마음의 피로를 줄여 줄 수 있다면 그건 단순한 교통 편의가 아니라 삶의 질 자체를 조정하는 선택이라고 생각했다.

선로를 놓는다는 것: 지하철과 광역철도, 세대 간 약속의 예산

지하철과 광역철도 예산을 볼 때는 늘 시간을 길게 잡아야 했다.

한 노선이 계획되고, 타당성 조사를 거치고, 국가계획에 반영되고, 실제 공사가 시작되는 데까지 수년, 때로는 10년이 넘는 시간이 걸린다.

"지금 이 예산과 결정은 지금 자라나는 아이들이 사회에 나왔을 때 어디서 어떤 도시를 경험할 것인지까지 결정한다." 지하철역 하나, 환승센터 하나가 생기면 주변의 주거·상권·문화·교육 인프라가 완전히 새로 짜인다.

어떤 지역에는 사람과 자본이 몰리고, 어떤 지역은 더 깊은 소외를 겪는다. 그래서 선로를 어디에, 어떤 형태로, 어떤 속도로 깔 것인지는 도시의 다음 10년, 20년을 어디에 투자할 것인지를 정하는 일이었다.

도의회에서 광역교통 계획과 관련 예산을 논의할 때 나는 안산이 서울과 인근 도시를 잇는 단순한 베드타운이 아니라 서남부 산업·교육·해양의 거점으로 제대로 자리 잡도록 지하철·광역철도 체계가 설계되어야 한다고 생각했다.

   서쪽에서 뜨는 해

정류장 이름 몇 개 추가되는 문제처럼 보이지만, 실제로는 도시 간 힘의 균형과 생활권의 구조를 바꾸는 결정이었다.

선로를 놓는다는 것은 결국 "어느 곳으로 사람들이 자연스럽게 모이도록 할 것인가?"를 정하는 일이다.

이 결정에도 예산이 필요했다. 많은 예산이. 그래서 더더욱 "지금 이 돈이 다음 세대에게 어떤 도시를 물려 줄 것인가?"라는 질문을 계속 붙들어야 했다.

도로와 교차로, '차량 중심'에서 '사람 중심'으로 시선을 돌리기

도로 예산을 논의할 때 가장 먼저 올라오는 말은 대개 "막힌다."였다. "이 구간 정체가 심하다.", "출퇴근 시간에 너무 힘들다." 그래서 해법도 "차로를 더 넓히자.", "우회로를 만들자."에서 출발하는 경우가 많았다. 물론 필요한 곳이 있다. 병목 구간을 풀어야 할 때가 있다. 하지만 도로 예산을 항상 이 프레임으로만 보게 되면 도시 전체가 "차량 중심"으로 고정된다.

나는 안산 곳곳의 사고 다발 교차로와 생활도로, 공단 진입로와 학교 주변 도로를 다니면서 이 질문을 자주 떠올렸다. "여기서 가장 보호받아야 할 존재는 누구인가." 속도를 높이고 싶은 차량인지, 횡단보도를 건너는 아이와 어르신인지, 자전거와 오토바이, 휠체어인지. 교차로 정비, 회전교차로 설치, 보행자 신호 시간 조정, 차로 폭 일부를 줄이고 보도·보행섬을 확장하는 일들은 눈에 보이는 '정체 해소' 효과는 크지 않을 수 있다.

하지만 현장에서 보면 이런 조치들이 사고를 줄이고, 보행자를 안심시키는 효과는 매우 크다. 각종 도로·안전 예산으로 안산의 몇몇 교차로·생활도로를 정비할 때 나는 되도록 보도 폭을 얼마나 넓힐 수 있는지, 휠체어·유모차가 다닐 수 있는 경사와 턱인지, 야간에도 눈에 잘 보이는지, 횡단보도를 건널 때 양옆에서 달려오는 차가 한눈에 들어오는 구조인지 이런 것들을 먼저 살펴보려 했다. 길을 더 내는 것만이 늘 정답은 아니다. 때로는 길을 조금 줄여서라도 사람이 걸을 자리를 확실히 만드는 게 더 옳은 선택일 때가 있다.

도로 예산은 "얼마나 멀리, 얼마나 빨리 가느냐?"만이 아니라 "얼마나 안전하게, 얼마나 덜 겁이 나서 걸을 수 있게 만드느냐?"를 함께 반영해야 한다고 생각했다.

눈에 잘 안 보이는 인프라: 하수도, 빗물, 방재, 공원

교통과 도시 인프라 예산 중 가장 설명하기 어려운 영역이 있다.

하수도, 상수도, 노후 관로 정비, 빗물 배수, 하천 정비, 방재 시설 개선, 이 분야 예산을 논의할 때는 이런 말이 자주 나온다. "눈에 보이지도 않는데 왜 이렇게 돈이 많이 드느냐." 정말로 눈에 보이지 않는다. 관로는 땅속에 묻혀 있고, 빗물 펌프장은 평소에는 조용하다. 재해 예방 시설들은 아무 일도 일어나지 않으면 존재감이 없다.

     서쪽에서 뜨는 해

하지만 한 번 비가 집중적으로 쏟아지고, 하수가 역류하고, 지하차도·저지대가 침수되고, 재난 문자 알림이 쏟아지는 날이 오면 사람들은 묻게 된다. "도대체 그동안 뭐 한 거냐." 안산도 예외가 아니다. 해안과 하천, 저지대, 공단이 섞인 도시 구조에서는 물과 재난 문제를 늘 앞에 두고 봐야 한다.

나는 항상 "이건 누군가의 내일을 조용히 지키는 예산"이라고 생각했다. 문제가 터졌을 때 눈에 띄는 예산이 아니라, 문제가 터지지 않도록 미리 틈을 메꾸는 예산, 공원·하천·녹지 인프라 역시 마찬가지였다.

도시에서 공원은 단지 초록색 공간이 아니라 무더위에 숨을 돌릴 수 있는 그늘, 아이와 어르신이 걷고 앉을 수 있는 안전한 길, 마음이 버거울 때 잠시 멈춰 설 수 있는 장소다.

이 인프라에 쓰인 돈은 짧은 시간 안에 눈에 띄는 수치로 돌아오지 않는다.

하지만 도시의 체력을 지탱하는 기초 체력 같은 예산이다.

공단·주거·해양이 얽힌 도시, 안산에서의 선택들

안산은 공단 도시이자 주거 도시이고, 동시에 바다와 하천을 품은 도시다.

반월·시화 국가산업단지, 주거단지, 대학과 연구단지, 시화호와 갈대습지, 해양·레저 공간. 이것들이 도로와 교량, 버스와 철도, 하천과 방재 시설로 이어져 있다.

공단에서 집으로, 집에서 학교와 학원으로, 집에서 서울·수도권 다른 도시로, 집에서 공원·바다·문화공간으로, 이 네 가지 축이 얼마나 자연스럽게 연결되는가에 따라 안산 시민의 하루와 주말, 그리고 이 도시를 향한 감정이 달라질 것이라고 믿었다.

그래서 각종 예산을 볼 때 개별 사업으로만 보기보다 "이 사업이 이 네 가지 축 중 어디를 강화해 주는지"를 함께 보려고 했다.

교차로 하나를 고치고, 보행환경을 개선하고, 하천 둔치를 정비하고, 공단과 주거지를 잇는 도로를 보수하는 일들이 결국에는 도시의 흐름을 조금씩 다른 방향으로 틀어 놓는 작업이라 느꼈다. 기준은 간단하다 사람이 덜 지쳐서, 덜 두려워하면서 도착하는가?

교통·도시 인프라 예산을 두고 수많은 자료를 보고, 숫자를 놓고 실랑이를 벌이고, 회의장을 오가다 보면 기준이 복잡해지는 순간들이 많다. 하지만 결국 내가 스스로에게 다시 가져오는 기준은 늘 단순했다.

"이 길과 이 인프라가 사람을 덜 지치게 만들고, 덜 두려워하게 만드는가?"

휠체어와 유모차가 턱에 걸리지 않고 이동할 수 있는지, 아이와 어르신이 밤에도 너무 겁먹지 않고 걸을 수 있는지, 출퇴근길 노동자가 집에 도착했을 때 몸과 마음의 피로가 조금이라도 덜한지, 비가 쏟아지는 날 창문 밖을 볼 때 "괜찮겠지."라는 말이 그냥 위로가 아니라 어느 정도 근거를 갖고 있는지. 교통·인프라 예산은 도로·철도·관로·시설을 짓는 돈이면서 동시에 "도시가 사람에게 어떻게 대할 것인가?"를 숫자로 보여 주는 영역이었다.

이제 다음 장, 9장에서는 길과 인프라를 따라 이어지는 공단과 일자리의 문제, 반월·시화 국가산업단지와 안산사이언스밸리, 산업 전환과 일자리 예산을 통해 "공단의 불빛을 어떻게 지키고, 어떤 방식으로 바꾸어 갈 것인가?"를 이야기해 보려고 한다.

길을 바꾸는 일, 인프라를 바꾸는 일에 이어 이제 그 길 위를 오가는 일과 사람, 공장과 연구소, 청년과 노동자의 이야기를 조금 더 깊게 들여다볼 시간이다.

8장

공단의 불빛을 지키다, 산업단지·일자리 예산

밤에 반월·시화 공단을 지나가다 보면 항상 같은 생각이 든다.

"저 불빛 하나하나에 얼마나 많은 사람의 하루가 묶여 있을까." 가게 간판 불빛과는 다른, 공장 창문 사이로 새어 나오는 노란빛, 야간조 근무를 알리는 라인 위의 형광등, 트럭과 지게차가 오가는 마당의 조명, 멀리서 보면 그저 공단의 야경이지만 가까이서 들여다보면 그건 일터와 생계, 기술과 땀, 미래에 대한 불안과 희망이 뒤섞인 빛이다.

나는 도의원으로 일하던 12년 동안, 그리고 경기테크노파크에서 일하던 시간 동안 거듭해서 이 불빛을 떠올렸다.

"이 불빛을 어떻게 지킬 것인가, 또 어떻게 바꾸어야 하는가."

이 장은 반월·시화 국가산업단지와 안산의 산업 현장에 일자리와 도시 구조를 어떻게 조금씩 바꾸어 야 하는지에 대한 기록이다.

'아버지의 공단'에서 '청년의 산업단지'로

안산에서 자라난 청년들에게 반월·시화는 오랫동안 "아버지가 매일 출근하는 공단"으로 기억되었다. 하지만 안산의 다음 12년을 생각하면 이 이미지는 바뀌어야 한다.

공단이 더 이상 '이전 세대의 희생으로 유지되는 공간'이 아니라, AI 시대와 4차 산업혁명 속에서 다음 세대가 자부심을 가지고 선택할 수 있는 일터가 되어야 한다.

그 변화의 출발점은 결국 산업의 재구성이다.

움직이지 않으면 공단은 천천히 쇠퇴하거는 공간으로 남을 수밖에 없다.

반월·시화 국가산단을 떠올릴 때마다 나는 지도 한가운데 공단을 크게 동그라미 치고, 그 옆에 이렇게 적어 보곤 했다.

"여기를 스마트공장, 친환경·디지털 전환, 신산업 육성의 거점으로 다시 세울 수 있을까." AI, 로봇, 데이터, 친환경 에너지, 첨단 소재와 기술이 기존 제조업의 뿌리와 만나 "낡은 공단"이 아니라 "업그레이드된 산업도시의 심장"이 되는 것, 나는 그 상상을 반월·시화에서 다음 세대와 함께 현실로 바꾸고 싶다.

예산이 공단에 들어오는 길을 열다

반월·시화 국가산업단지에 예산이 들어오는 경로는 생각보다 복잡하다.

산업부·중기부·환경부 등 중앙정부의 국가산단·스마트 그린산단·R&D 공모사업, 경기도의 산단 재생·구조고도화·환경·교통·근로자복지 사업, 안산시의 기반 시설·생활 SOC·환경·안전·정주여건 개선 사업, 이 세 갈래 예산이 서로 겹치고 이어지면서 반월·시화의 한 줄짜리 공장 지붕, 도로, 주차장, 녹지, 그리고 그 안에서 일하고 사는 사람들의 하루를 조금씩 바꿔 왔다.

중앙부처에서 공단 관련 공모사업이 뜨면 경기도 차원의 전략 속에서 안산의 위치를 설명해야 하고, 경기도가 산단 관련 계획을 세울 때 반월·시화가 어떤 이유로 우선순위에 올라야 하는지를 설득해야 한다.

국비·도비·시비를 맞추기 위해 부족한 부분을 채워 넣는 예산, 기반시설·환경·안전 같은 눈에 덜 띄는 분야에 숨을 불어넣는 예산, "지금 이타이밍에 안산이 한 번 더 속도를 내야 한다."고 주장할 수 있는 근거가 되는 예산, 다른 시·군의 산업단지들도 각자의 사정을 안고 같은 예산을 바라보고 있었기 때문이다.

그래서 나는 안산을 설명할 때 "규모가 크다."는 이야기보다 국가 제조업의 중요한 축이라는 점, 중소기업·뿌리산업·부품·장비 기업들이 촘촘히 얽혀 있다는 점, 에너지 전환·RE100·스마트 제조 같은 국가 전략을 준비하기에 가장 좋은 구조를 갖고 있다는 점을 가능한 많이, 구체적으로 보여 주려고 했다.

기반시설과 환경: "민원이 줄어드는 공단"이 아니라
"함께 살 수 있는 공단"

- 공단 내부·진입도로 확장·보수
- 교량·교차로 개선
- 보도 설치·정비
- 공용 주차장·물류동선 정리
- 폐수처리·대기오염 저감 시설
- 완충녹지·산책로·공원 조성

이런 사업들은 "당장 생산성 향상과 관련 없는 투자"처럼 보일 수 있지만, 도시 전체로 보면 공단과 생활권이 함께 살 수 있는 조건을 만드는 예산이다.

이런 예산들은 같은 도시에서 계속 얼굴 보고 살 수 있게 만드는 예산이다.

"그래도 우리 도시의 자랑스러운 자산"으로 인식되려면 이 기반 시설·환경 예산이 꾸준히, 끊기지 않고 들어가야 한다.

스마트공장·R&D: 기술이 버팀목이 되는 공단

기계와 설비, 그리고 사람의 손에만 의존하던 시대와 데이터와 자동화, 스마트제조로 넘어가는 시대 사이에서 반월·시화는 늘 경계에 서 있었다. "우리는 아직 준비가 안 됐다.", "우리도 바꾸고 싶지만, 여력이 없다.", "사람도 없고, 설비 바꾸기도 벅차다." 현장에서 들었던 말들이다. 나는 도의원 시절부터 이 고민을 풀 열쇠가 결국 기술과 예산의 결합에 있다고 봤다.

- 스마트공장 도입·고도화 지원
- MES·ERP·센서·IoT 등 디지털 전환 설비 지원
- 시험·평가·인증 장비 구축
- 공동 장비센터·테스트베드 조성
- R&D·사업화 지원과 연계한 예산

이런 사업들을 경기도 차원에서 기획·추진할 때 나는 안산이 빠지지 않도록 계속 목소리를 냈다.

도의원 이후 경기테크노파크에서 전략사업본부장으로 일하게 되었을 때, 나는 완전히 다른 자리에서 안산과 기업들을 다시 만나게 되었다.

경기테크노파크는 한마디로 말하면 지역 기업들의 기술·사업 성장을 함께 설계하는 플랫폼이었다. R&D 지원, 시제품 제작, 스마트공장 전환, 판로 개척, 인력 양성, 그리고 각종 중앙부처·경기도 공모사업을 기업과 함께 기획하는 일이 하루의 대부분을 채웠다.

회의실 책상 너머가 아니라 직접 시·군을 돌며 시장과 담당 부서

장을 만나 설득하고, 기업에 대표들에 어려운 상황을 설명하면서 스마트공장 지원사업 매칭을 제안했다 그러면서 이 기업에 어떤 변화가 생길 수 있는지 하나씩 설명하며 설득했다. 그 과정에서 실제로 스마트 공장 지원사업과 지자체 매칭을 이끌어 내 여러 기업의 첫 자동화·디지털 전환을 시작하게 만든 경험도 있었다.

그러나 여전히 현장에 상황은 "자동화 설비를 도입하고 싶은데, 어디서부터 어떻게 시작해야 할지 모르겠다."

"기술은 있는데, 판로와 마케팅이 막혀 있다."

"좋은 인재를 뽑고 싶어도 우리 공단으로 오려고 하지 않는다.", "라인을 멈출 수가 없습니다."

"여기까지 자동화를 하면 좋은 건 알지만, 당장 사람을 줄이자는 뜻으로 받아들여질까 걱정입니다.", "기술은 좋은데, 현장에 적용하려면 누가 같이 도와줘야 합니다."

그래서 스마트 공장·R&D 관련 예산을 설계할 때 나는 단순히 "설비 교체 지원"으로 끝내지 않고 현장 코디네이터·전문가 파견, 재직자 교육·스킬업 프로그램, 대기업·중견기업-중소기업 간 상생형 프로젝트, 대학·연구기관과 연계한 기술지도·시제품 제작 지원 같은 요소들이 함께 들어가야 한다고 주장했다.

반월·시화에 들어간 스마트제조·R&D 예산은 모든 문제를 다 해결하지는 못했지만, 분명히 이 공단이 "낙후된 공단"이 아니라 "다음 산업정책을 실험할 수 있는 무대"라는 것을 조금씩 보여 주는 신호였다.

사람을 위한 예산: 기술 인력, 청년, 재도전의 기회

공단의 미래를 이야기하면서 "기계와 설비를 바꾸는 일"만 강조하면 중요한 한 축이 빠진다. 결국 공단의 경쟁력은 사람에게서 나온다.

현장 기술인력, 품질·생산·설계·연구 인력, 생산관리·물류·영업·경영 인력, 나는 경기테크노파크에서 근무하는 동안 산업·일자리 생각할 때 항상 "사람" 항목을 놓치지 않으려고 했다. 산학협력 기반의 현장실습·인턴·채용 연계 프로그램, 청년·특성화고 졸업생·전문대생 등 지역 인재 우선 채용 지원, 재직자 직무 전환·스킬업 교육, 경력 단절 여성·중장년 재취업을 공단 일자리와 연결하는 프로젝트. 특히 안산처럼 공단과 대학, 평생학습 인프라가 모여 있는 도시는 "한 번 실패해도 다시 시작할 수 있는 산업도시"가 될 수 있다.

첫 직장에서 실패한 청년이 다시 기술을 배우고 공단에서 새 경력을 쌓을 수 있고, 육아·돌봄으로 경력이 끊긴 여성들이 교육을 거쳐 공단의 사무·품질·생산관리 영역으로 돌아올 수 있다면 공단은 단지 "힘든 일터"가 아니라 "두 번째 기회를 주는 도시의 플랫폼"이 된다. 이 구조를 만들기 위해 경기도·안산시·경기테크노파크·대학·기업을 잇는 인력 양성·일자리 예산들을 안산에 끌어오고, 엮어 내는 일이 나에게는 중요한 과제였다.

경기테크노파크에서 내가 고민했던 일은 이 목소리들을 정책 언어와 사업 구조로 다시 번역하는 작업에 가까웠다.

대학·연구기관·기업을 잇는 협력 모델을 만들고, 스마트 공장·스마트 그린산단·신산업 육성 사업을 반월·시화와 안산에 어떻게 연결할지 그림을 그렸으며, 기업들이 "혼자선 도저히 못 할 일"을 "함께라면 해 볼 수 있는 일"로 바꾸는 통로를 여는 역할을 했다.

의회에서 기업과 산업을 정책과 제도의 언어로 보았다면, 경기테크노파크에서는 그것을 기계 소리, 작업대, 회의실, 계약서와 실패·성공의 이야기 속에서 다시 배우는 시간이었다.

안전과 노동, "속도"만 강조하지 않겠다는 약속

산업단지에서 생산성과 효율은 늘 중요한 단어다. 하지만 "속도"만 강조하다 보면 가장 먼저 희생되는 건 현장 근로자들의 안전과 건강이다.

뉴스 속 산재 사고들을 볼 때마다 나는 마음 한편이 무거워졌다. 반월·시화 역시 결코 예외가 아니었다.

그래서 관련 예산을 볼 때 나는 항상 이 질문을 함께 떠올렸다. "이 예산이 현장 근로자의 위험과 불안을 얼마나 줄여 줄 수 있는가."

- 위험 설비 개선·안전장비 지원
- 안전 컨설팅·교육 프로그램
- 유해물질 관리·작업환경 개선
- 휴게시설·샤워실·탈의실 등 기본적인 노동환경 개선
- 산재 예방을 위한 공단 차원의 시스템 구축

이런 사업들은 기업 입장에서는 "공장 밖의 보이지 않는 투자"로 여겨질 때가 많다.

하지만 도시의 입장에서는 "사람이 다치지 않고 일할 수 있게 만드는 가장 기본적인 투자"다.

나는 공단 관련 예산에서 안전과 노동환경 개선 항목이 "좋으면 하고, 아니면 말고" 수준으로 취급되지 않도록 계속 문제를 제기하고 싶었다.

공단의 불빛이 안도의 불빛이 되려면 정책이 예산이 속도와 효율뿐 아니라 안전과 존엄을 향해 쓰여야 한다.

공단 인프라 조성

반월·시화 공단을 다니다 보면 가끔 이런 생각들을 하게 된다. 공단과 주거지 사이 완충녹지·공원 조성, 공단 근로자와 주민이 함께 쓰는 체육·문화·복지시설, 공단 기업의 사회공헌 활동과 마을 프로젝트를 연결하는 사업. 공단을 동네에서 떼어 내는 것이 아니라, "함께 얼굴을 보고 사는 구조"로 만드는 일. 하지만 반월산단은 국가산단이기 때문에 여러 가지 제약을 받을 수밖에 없다. 이런 상황들에 고민과 해결방안을 모색하다 보면 공단은 조금씩 "같이 문제를 풀어야 할 이웃"으로 위치가 달라질 것이다. 나는 그 변화를 믿고, 그 믿음을 증명하고 싶다.

아직 다 바꾸지는 못했다, 그러나 방향은 선명해졌다

솔직히 말하면 예산과 정책으로 공단의 모든 문제를 해결하지는 못했다.

이런 것들은 지방의회와 지자체 예산만으로 바꿀 수 없는 영역이다. 그래서 어떤 회의 날에는 "우리가 하는 일들이 너무 작은 물줄기 아닌가?"라는 허무감이 몰려오기도 했다.

그럼에도 불구하고 하나 분명히 말할 수 있는 건, 방향이 바뀌면 도시의 질문도 바뀐다는 것이다. 공단이 에너지 전환·스마트제조·R&D를 이야기하기 시작하고, 일자리 수만 세던 시기가 일자리의 질과 지속 가능성을 묻는 시기로 넘어가고, 주민 민원만 받던 공단이 지역사회와 함께 프로젝트를 기획하는 주체가 되는 변화, 이 변화들은 하루아침에 오지 않는다.

하지만, 반월·시화에 투입된 수많은 예산과 사업, 그리고 그 예산이 만들어낸 작은 성과들이 모여 "공단의 다음 12년은 이전 12년과는 달라야 한다."는 메시지를 조용히, 그러나 확실하게 쌓아 올리고 있다고 믿는다.

도시의 품격은 가장 약한 곳에 얼마나 투자하는지, 그리고 그 투자를 얼마나 꾸준히 이어 가는지에서 가장 먼저 드러난다고 믿는다.

| 9장 |

함께 숨 쉬는 도시, 문화·체육·평생학습
인프라 이야기

도시 이야기를 할 때 우리는 보통 산업·일자리·교통·복지부터 떠올린다.

"먹고 사는 문제." 맞는 말이다. 하지만 그 이야기만 하고 나면 어딘가 허전하다. 사람이 도시에서 버티는 이유와 도시를 사랑하게 되는 이유는 꼭 같지 않다.

공원·도서관·체육관·작은 공연장·동네 모임 같은 것들이다. 그래서 나는 의정활동을 하면서 항상 이렇게 생각했다.

"도시가 숨을 쉬는 리듬은 문화·체육·평생학습 위에서 완성된다."

이 장은 안산에서 문화·체육·평생학습 인프라를 위해 어떤 예산과 사업을 끌어오고 지켜 왔는지, 그리고 그 예산들이 도시의 호흡을 어떻게 바꾸었는지에 대한 기록이다.

'없어도 사는 건 가능하지만, 없으면 지치는 것들'

문화·체육·평생학습 예산을 이야기할 때 늘 따라오는 말이 있다. "급한 건 아니지 않나.", "당장 이거 없어도 사는 데 지장은 없잖아요." 맞다. 오늘 밥 먹고, 일하고, 잠자리에 드는 데만 집중하면 굳이 문화·체육·평생학습은 없어도 된다. 하지만 도시에서 5년, 10년, 20년을 산다고 생각해 보면 얘기가 달라진다.

퇴근 후 어디에도 갈 곳이 없다면, 아이에게 보여 줄 만한 공연·전시·체험이 없다면, 주말마다 갈 수 있는 공원과 운동 공간이 부족하다면, 나이가 들어도 계속 배우고 싶은 마음을 붙잡아 줄 곳이 없다면, 사람은 살면서 조금씩 지치고, "이 도시에서 더 있고 싶다."는 마음이 조금씩 줄어든다.

나는 이 감정의 변화를 막을 수 있다고 믿는다. 그게 문화·체육·평생학습 인프라의 역할이다.

체육관과 운동장, "선수의 공간"에서
"시민의 몸을 살리는 공간"으로

안산에는 근로자, 자영업자, 청년, 아이, 노인까지 몸을 쓰며 일하는 사람들이 많다.

그런 도시에서 체육 인프라는 사치가 아니라 필수적인 공공 인프라에 가깝다.

나는 의정활동과 시민 활동을 하면서 생활체육 현장을 많이 다녔다. 이른 새벽 축구장, 배드민턴·테니스, 탁구·농구, 배구, 족구등 주말 시민 마라톤, 학교·동네 체육관을 빌려 운동하는 동호회들, 그 현장에서 공통으로 들리는 말이 있었다.

"공간만 조금만 더 있으면 좋겠어요.", "시간도, 장소도 늘 부족합니다." 그래서 체육 인프라와 관련된 사업에는 가능하면 힘을 실어 주고 싶었다.

학교 실내체육관 건립 사업 확정 보고대회

학교 체육관·다목적강당 신설과 개보수, 지역 생활체육시설 확충, 공공 체육관·야외 운동시설 정비, 장애인·노인·여성을 위한 맞춤형 체육공간 조성, 특별조정교부금과 도비·시비를 엮어 이런 시설들이 하나씩 생기고, 녹슬어 있던 공간이 새로 단장되는 과정을 보면서 나

서쪽에서 뜨는 해

는 체육시설을 "선수를 키우는 장소"가 아니라 "시민이 내 몸을 돌보는 최소한의 권리를 보장받는 장소"로 보고 싶었다. 경기장 하나, 체육관 하나가 생기면 그 주변에는 늘 동호회, 어르신 교실, 청소년 클럽, 가족 운동 모임 같은 작은 공동체들이 모인다.

이 공동체들은 예산서에는 잡히지 않지만 도시의 건강을 지탱하는 숨은 인프라다.

공원과 문화공간, 도시의 숨구멍을 열어 주는 예산

안산은 바다와 하천, 산과 공원이 생각보다 가까이 있는 도시다. 하지만 공원은 "있기만 하면 되는 공간"이 아니다. 접근성이 좋지 않아서 일부 동네만 쓰는 공원, 시설·조명이 낡아 밤에는 가기 두려운 산책로, 아이와 노인·청년이 함께 쓰기 불편한 구조, 주변 교통과 연결되지 않아 굳이 찾아가야 하는 공간, 이런 공원과 녹지는 종종 도면 속 초록색으로만 남는다. 나는 예산을 심의할 때 공원·녹지 예산을 볼 때마다 "도시의 숨구멍"이라는 표현을 떠올렸다.

- 어린이 놀이터 정비
- 야외운동기구 설치·보수
- 산책로 데크·조명·벤치
- 공원과 하천 둔치를 잇는 보행·자전거길
- 공단과 주거지 사이 완충녹지

이런 것들은 대규모 공원 조성 사업보다 금액은 적을지 몰라도 시민이 실제로 "매일" 쓰는 공간을 살려 내는 예산이다.

문화공간도 마찬가지다. 작은 공연·전시가 가능한 구청·동 주민센터 공간, 도서관·작은 도서관·문화의 집, 동네 카페형 주민 공간·마을 거점, 청소년·청년을 위한 창작·연습실 등. 이 공간들은 예산을 조금만 더 보태면 몇 배의 사람과 프로그램을 담아낼 수 있다.

나는 특별조정교부금과 시비·도비를 연결하면서 동네마다 한두 곳씩은 "오늘 저녁, 그냥 들를 수 있는 공공의 공간"이 있도록 만드는 그림을 그리고 싶었다.

사람들은 힘들거나 외로울 때 거창한 문화시설을 찾지 않는다. 집에서 한 10분만 걸어갈 수 있는 곳, 가볍게 앉았다 올 수 있는 곳, 말을 걸어도 어색하지 않은 사람들이 있는 곳을 찾는다.

그게 체육시설이고, 공원이고, 작은 도서관이고, 마을문화공간이다.

도서관과 평생학습관, "배움의 시설"이 아니라 "도시의 두 번째 학교"

안산에서 평생교육과 평생학습을 이야기할 때 나는 늘 도서관과 평생학습관을 도시의 "두 번째 학교"로 봤다. 여기에는 나이가 없다.

이 모든 사람들이 같은 건물 안에서 각자의 속도로 책을 읽고, 강의를 듣고, 함께 공부한다.

평생학습·도서관 예산을 논의할 때 나는 인프라와 프로그램을 별개로 보지 않으려 했다.

도서관·평생학습관 신·증축·리모델링, 시설 내 강의실·열람실·스터디룸·공용공간 재배치, 디지털·미디어·언어·문해·시민교육 프로그램, 강사·학습동아리·마을강사·자원활동가 지원등 이 예산들은 단순히 "수업 몇 개 더 여는 강좌를 여는 돈"이 아니라 "사람이 다시 시작할 수 있도록 작은 디딤돌을 놓는 일"이었다.

"이 도시에서는 나이가 몇 살이든 다시 배우겠다고 마음먹으면 언제든 갈 곳이 있어야 한다."

예술과 문화는, "있는 사람의 취미"가 아니라 "모든 시민의 언어"

문화예술 예산을 이야기하면 종종 이렇게 말하는 사람이 있다. "그건 여유 있는 사람들이 하는 거지." 나는 이 말을 현장에서 예술가·동호회·시민들을 만나면서 여러 번 부정하게 되었다.

동네 합창단·풍물단·통기타 동호회, 작은 연극·무용·전시 모임, 청소년 밴드·댄스팀, 시민 예술가·생활예술인들. 이들은 대부분 "남는 돈·시간"으로 하는 게 아니었다.

- 자신을 설명할 수 있는 또 하나의 문장

- 우울과 외로움을 견디게 하는 버팀목

- 사람과 사람을 이어 주는 장치

그게 문화와 예술이었다.

나는 안산에 있는 문화예술회관, 소극장·공연장, 야외무대·공연마당, 동네 갤러리·전시 공간 그리고 생활예술·동호회·시민예술 활동을 지원하는 예산을 볼 때 그걸 "있으면 좋은 부가 서비스"가 아니라 "도시가 자기 감정을 말하는 방법"이라고 느꼈다.

- 기획공연·기초예술 지원

- 시민·생활예술·동호회 활동 지원

- 청소년·청년 예술활동 공간과 프로그램

- 다문화·세대공감 문화예술 프로젝트

문화재단·지자체 예산이 이 영역에 쓰일 때 나는 여기에 안산이라는 도시 고유의 색을 조금 더 입히고 싶었다. 공단의 소리, 다문화·이주민의 언어, 바다와 갯벌, 노동과 이주, 도시의 어제와 오늘을 담은 이야기들, 이런 소재들이 예술과 만나는 순간 도시는 자기 이야기를 조금 더 정확하게, 조금 더 깊이 말하게 된다.

인프라만으로는 부족하다, 운영과 사람에 대한 예산

문화·체육·평생학습 예산을 이야기할 때 항상 아쉬운 지점이 하나 있다.

"프로그램은 있는데 지속될 예산이 없다."

인프라 예산이 한 번에 눈에 띄는 것과 달리 운영비·인력·프로그램 예산은 늘 반복 설명이 필요하다. 하지만 실제로 시민이 체감하는 건 건물 크기가 아니라 쉽게 갈 수 있는 접근성과, 언제나 갈 수 있는 오픈된 공간, 운영인력 최소 기준, 프로그램 지속 가능성, 민간위탁·공공운영의 적절한 균형, 시민 참여 구조 같은 것들을 함께 물으려 했다. 문화·체육·평생학습 인프라는 "사람이 있어야 살아 움직이는 요리"와 같다. 재료만 잔뜩 사 놓고 불을 못 켜면 아무 소용이 없다.

그래서 건물·시설을 짓는 예산만큼이나 도시의 얼굴을 바꾼다고 믿었다.

함께 숨 쉬는 도시를 위한 조건

여기까지 교육·돌봄, 교통·도시 인프라, 공단과 일자리, 복지·돌봄·여성·노인, 그리고 문화·체육·평생학습까지 예산이 어떤 얼굴을 가지고 쓰였는지 2부에서 정리해 보았다. 이제 한 번 더 묻고 싶다.

"도시는 언제, 어떻게 숨을 쉬는가."

나는 이렇게 답하고 싶다.

- 아이들이 학교·공원·도서관을 오가며 안전하게 웃을 수 있을 때

- 직장인이 퇴근 후 체육관과 공원, 작은 공연장에 갈 힘이 남을 때

- 노인과 장애인·다문화 시민이 동네 복지관과 평생학습관, 문화공간
  에서 서로 이름을 부르며 인사할 때

- 누구든 배우고 싶을 때 "갈 곳이 없다."는 말을 하지 않아도 될 때

- 문화생활을 즐길 수 있는 곳이 많을 때

그때 비로소 도시는 "살기만 하는 곳"이 아니라 "함께 숨 쉬는 곳"이
된다.

문화·체육·평생학습 인프라 예산과 사업들은 아직 완성된 답이 아
니라 "이 도시도 이런 방향으로 숨을 쉬고 싶다."는 중간 문장들에 가
깝다.

3부에서는 이 중간 문장들을,

- 중앙정부와 경기도의 제도·구조

- 경제자유구역과 산업전환

- 에너지·RE100과 공단 재편

같은 보다 큰 구조와 연결해 보려 한다.

도시의 숨은 국비·도비·시비, 정책과 제도, 그리고 시민의 선택이
서로 맞물릴 때 비로소 안정적으로 이어진다.

나는 이 책에서 그 맞물림의 가능성을 안산이라는 도시를 통해 한 번 더 보여 주고 싶다.

3부

중앙정부와 안산을 잇는 다리

제도와 구조, 그리고 가능성

| 10장 |

한 도시의 예산은 어떻게 만들어지는가?

의정활동을 하면서 가장 자주 들었던 말 중 하나는 이거다. "돈이 있어야 하지." 맞는 말이다. 아무리 좋은 계획도 예산이 따라오지 않으면 종이에만 남는다. 그런데 조금만 더 들어가 보면 이 질문이 따라온다. "그 예산은 도대체 어디서, 어떻게 만들어져 우리 도시까지 오게 되는가."

시청 앞에서, 동네 카페에서, 현장 간담회에서 "이거 예산 좀 따 와주세요."라는 말을 들을 때마다 나는 잠깐 숨을 고르고 머릿속에서 또 하나의 지도를 펼쳤다.

국가 예산, 경기도 예산, 안산시 예산.

각종 기금과 공모사업, 특별교부세와 특별조정교부금, 한 도시의 예산은 단순히 "시청이 짠 돈"이 아니다. "안산이라는 도시의 예산이 어떤 구조와 과정을 통해 만들어지는지"를 가능한 한 쉽게, 한 번 풀어보려고 한다.

예산 이야기의 시작점 '돈 이야기'가 아니라 '방향 이야기'

먼저 이렇게 정리하고 싶다. 예산은 돈 이야기로 시작하지 않는다. "올해는 어디에 힘을 줄 것인가, 무엇을 먼저 할 것인가, 어디까지 책임질 것인가?" 이 방향을 정하고 나서야 그 방향에 맞춰 숫자가 배치된다.

중앙정부는 국가 전체의 방향을 정한다.

* 경제성장과 물가
* 일자리
* 산업·기술·에너지
* 교육·복지·안전
* 국방·외교

이 흐름을 숫자와 계획으로 묶어 놓은 것이 정부 예산안이고, 여기에서 각 부처별 예산이 갈라져 나온다.

경기도는 다시 이 큰 흐름을 받아 도 단위에서 방향을 잡는다.

* 광역교통망
* 산업단지·혁신 클러스터
* 광역복지·교육·문화 인프라
* 도 전역의 균형발전

안산시는 국가와 도의 방향 속에서 자기 도시의 올해 과제를 정한다.

- 도시 인프라와 교통
- 교육·돌봄·복지
- 환경·안전
- 문화·체육·평생학습
- 산업·일자리·주거

중앙-도-시, 이 세 단계가 서로 다른 역할을 맡으면서도 완전히 어긋나지 않게 연결되는 구조, 그 구조 위에서 예산이라는 것은 비로소 하나의 "방향 있는 숫자"가 되기 시작한다.

그래서 예산서를 펼쳐 보면 숫자만 가득한 것 같지만 사실은 한 해를 어떻게 살겠다는 정치적·행정적 선언문이기도 하다.

중앙정부 예산에서 안산으로 내려오는 세 가지 통로

한 도시의 예산을 이해하려면, 먼저 국가 예산이 어떤 경로를 통해 지방으로 내려오는지부터 봐야 한다.

안산의 예산 역시 결국 이 세 갈래 통로를 통해 흘러 들어온다.

1. 지방교부세와 국고보조금 기본 살림을 떠받치는 뼈대

첫째는 지방교부세와 국고보조금이다.

지방교부세는 지방자치단체가 최소한의 행정을 유지할 수 있도록 국가가 국세 일부를 떼어 나누어 주는 돈이다. 법에 따라 총액이 정해지고, 인구·재정자립도·재정수요 등을 계산해 각 시·군·구에 배분된다.

국고보조금은 교육·복지·일자리·환경 등 중앙정부가 설계한 목적이 있는 사업을 지자체가 대신 집행하도록 내려 주는 예산이다.

- 기초연금, 장애인연금, 각종 복지사업
- 학교·보육 관련 국가 지원사업 등

안산시 입장에서 보면 이 두 가지는 "도시가 기본적인 역할을 할 수 있도록 버티게 해 주는 뼈대"에 가깝다. 눈에 잘 띄지는 않지만, 이 축이 흔들리면 도시의 기본 서비스가 바로 흔들린다.

2. 부처 공모사업과 특별교부세·특별교부금
얼마나 '따 오느냐'의 싸움

둘째는 각 부처 공모사업과 특별교부세·특별교부금이다. 산업부·국토부·환경부·문체부·복지부·고용부 등 각 부처는 매년 수많은 공모사업을 내놓는다. 지자체가 계획을 세워 신청하고, 심사에서 선정되면 국비+지방비 매칭 구조로 예산을 확보한다.

- 도시재생 뉴딜 사업
- 청년·일자리, 문화·체육 인프라 사업
- 환경·하천 정비, 공원·녹지 사업 등

여기에 행안부 특별교부세, 각 부처 특별교부금처럼 특정 지역 현안·재난·정책 필요를 이유로 내려오는 예산도 있다. 이 영역은 한마디로 말하면 "얼마나 기획하고, 설득하고, 따오느냐의 싸움"이다. 안산 입장에서는 도시계획을 얼마나 잘 짜는지, 중앙부처와 얼마나 촘촘히 소통하는지, 지역 정치와 행정이 얼마나 유기적으로 움직이는지가 곧 추가 국비의 규모로 연결된다.

3. 기금·정책사업·대규모 국책사업 도시의 미래를 결정하는 큰 축

셋째는 각종 기금, 국가 정책사업, 대규모 국책사업이다. SOC(도로·철도·항만), 산업전환, 에너지 전환, R&D, 도시재생, 환경·기후, 청년·일자리와 관련된 중장기 프로젝트들이 여기에 포함된다.

- 국가산단 재편, 스마트공장·첨단산업 클러스터
- GTX·신안산선 같은 광역철도망
- 해양·에너지·RE100·탄소중립 관련 사업

이 예산들은 보통 기재부·산업부·국토부·환경부 등과 수년 단위로 연결되는 국가 전략 속에서 움직인다.

안산으로 보자면 반월·시화 국가산단 재도약, 경기경제자유구역(안산사이언스밸리), 신안산선과 배후 교통망, 에너지·해양·탄소중립 산업도시 전략 같은 것들이 바로 이 세 번째 통로에서 결정된다.

정리하자면, 한 도시의 예산은 단순히 "안산시 예산"만 보는 것으로는 설명되지 않는다.

기본 행정을 떠받치는 지방교부세·국고보조금, 도시의 기획력과 정치력이 좌우하는 부처 공모사업·특별교부세, 도시의 10년, 20년을 바꾸는 기금·대규모 국책사업이 서로 겹쳐지며 안산의 재정 지도를 만든다. 안산시를 경영한다는 것은 이 세 가지 통로를 정확히 이해하고, 어떻게 하면 더 많이, 더 오래, 더 공정하게 안산으로 예산의 길을 열어 올 것인가를 포기하지 않고 고민하는 일이다.

안산 입장에서 보면 이 흐름 속 어디에 자신의 이름을 올릴 수 있는지가 중요하다.

이 과정에서 도·시·국회의 역할이 나뉜다.

- 공모사업이 떴을 때 전략적으로 준비해 제때 신청하고, 기준에 맞는 계획서를 만들어 내는 역할,
- 이미 내려온 예산이 제대로 쓰이고 있는지, 효과가 있는지를 따져 다음 해 예산에 반영되도록 만드는 역할,
- "국가가 지금 추진하는 이 정책을 안산에서 이렇게 구현해 보자."라는 방식으로 제안하는 역할, 국가 입장에서는 하나의 정책을 어디서, 어떻게 시범적으로 할 것인지가 중요하다.

안산은 산업단지·교육·해양·다문화·도시재생 등 여러 요소가 섞여 있어 국가 정책을 담아 보기 좋은 도시다. 이 점을 잘 설명하면 국비의 방향 중 일부를 안산으로 돌려 세울 수 있다.

4. 경기도 예산 "큰 판"을 짜고, 시·군과 나누는 역할

경기도 예산은 중앙정부와 시·군 사이를 연결하는 중간 허리에 가깝다.

경기도 도 전체 인프라를 깔고, 시·군 간 격차를 줄이고, 전략 산업과 도시를 키우고, 광역 복지·교육·문화 정책을 설계한 뒤 그 예산을 31개 시·군에 각자의 상황에 맞게 배분해 준다. 이 과정에서 중요한 것이 다음과 같은 예산들이다.

시·군 보통교부금·조정교부금, 특별조정교부금, 도비 매칭사업(시·군과 함께 부담하는 사업), 광역 단위 인프라 사업(교통·환경·산단 등) 도의회의 역할은 이 예산들이 경기도 전체의 방향과 각 시·군의

형편을 잘 반영하는지 감시·조정하는 것이다.

안산 입장에서 보면 경기도 예산은 도 전체 전략 속에서 안산의 위치를 잡는 과정이고, 안산으로 들어오는 몫을 한 번 더 설계·방어하는 과정이다.

나는 교육위원회·여성가족평생교육위원회, 건설 교통위원회·안전행정위원회에 예산결산특별위원회, 결산 검사위원회, 활동하면서 경기도 예산을 볼 때 늘 안산의 지도를 머릿속에 올려놓고 봤다.

"이 복지·교육·교통·인프라 사업 중 안산에 꼭 연결되어야 할 것은 무엇인가.", "지금 경기도 전략 속에서 안산은 어느 줄에 서 있는가.", "이 사업이 안산으로 들어오려면 어떤 조건과 설득이 필요할까." 그 질문을 가지고 예산 심의와 정책 질의를 했다.

5. 안산시 예산 "한 해를 어떻게 살 것인가?"를 정하는 자리

마지막으로 안산시 예산이 있다. 안산시 예산은 크게 나누면 이렇게 구성된다.

시 스스로 걷는 돈(지방세·세외수입) 중앙정부에서 내려오는 돈(국고보조금·교부세 등) 경기도에서 내려오는 돈(도비·조정교부금·특별조정교부금 등) 각종 기금·채무·전입금, 이걸 모아서 안산시가 무엇을 유지하고(경상예산), 무엇을 새로 만들 것인지(투자·사업예산)를 한 해 단위로 정한다. 이때 시의회의 역할은 경기도의회의 역할과 비슷하다. 예산안을 심의·조정하고, 불필요하거나 과도한 부분은 줄이고, 빠진 부분은 다시 요구하고, 시민에게 설명할 수 있는 구조인지 따진다.

도의원으로 있으면서 나는 시의원들과 함께 "이 사업은 도비를 더 붙일 수 있다.", "이 건은 시 예산만으로 하기 어려우니 경기도와 중앙 부처까지 같이 묶어서 보자." 이런 이야기를 자주 나눴다.

6. 특별조정교부금 '빈칸을 메우는 돈', 동시에 '방향을 보여 주는 돈'

앞에서도 여러 번 등장했던 특별조정교부금 이야기를 조금 더 정리해 보고 싶다.

특별조정교부금은 경기도가 시·군의 현안을 해결하기 위해 재량을 갖고 지원하는 예산이다.

정해진 공식대로 나누는 예산이 아니라, 시급성과 파급력, 정책적 필요성, 기존 사업과의 연계, 도 전체 전략에서의 위치를 보고 결정한다.

그래서 이 돈은 항상 부족하고, 항상 경쟁적이다. 나는 이 예산을 두 가지 측면에서 보려 했다.

① 빈칸을 메우는 돈

시 예산만으로는 턱없이 부족한 사업, 중앙정부 공모사업 국비를 받아 놓고도 지방비 매칭이 모자라 속도가 안 나는 사업, 교육·복지·안전·인프라 등에서 꼭 필요한데 계속 뒤로 밀리던 사업. 이런 곳에 특별조정교부금이 들어가면 빈칸이 채워진다.

② 방향을 보여 주는 돈

나는 안산이 이 목록 속에서 빠지지 않고, 또 지나치게 뒤로 밀리지 않도록계속 목소리를 내고 싶었다.

7. 한 도시의 예산이 만들어지는 실제 순서

조금 더 현실적인 순서로 예산의 흐름을 정리해 보자.

중앙정부가 내년도 국가 예산의 방향과 큰 틀을 잡는다. 여기에서 먼저 정리되는 것은 다음과 같다.

부처별 중기계획, 국가재정운용계획, 산업·에너지·지역균형 등 각종 국가전략, 이 단계에서 "나라 전체가 앞으로 3~5년 동안 어디에 힘을 줄 것인가?"가 대략 결정된다.

경기도가 도 차원의 중기계획과 예산 방향을 정한다. 중앙정부의 큰 흐름을 받아, 경기도는 도 단위에서 다음과 같은 축을 중심으로 방향을 잡는다. 광역교통, 산업단지·혁신 클러스터, 환경·복지·교육 등 광역사업, 도 전역을 아우르는 균형발전 구상.

안산시가 시의 중기계획·도시계획·부문별 계획을 정비한다. 경기도의 방향과 국가 전략을 참고하면서, 안산시는 자기 도시의 설계도를 정리한다. 도시기본계획, 교통·산단·교육·복지 등 각 부문 마스터

플랜, 민선 시장 공약과 연계된 전략 과제들.

이 단계에서 "안산이 앞으로 5년, 10년 동안 무엇을 먼저 바꿀 것인가?"가 정해진다. 각 단계마다 '도시별·정책별 예산 기회'가 열리는 순간이 찾아온다.

중앙·도·시가 계획을 세우는 과정에서, 안산 같은 도시는 여러 번 예산의 문을 두드릴 수 있다.

중앙부처 공모사업 공고, 경기도의 시·군 지원 계획 발표, 안산시 자체 우선사업 선정, 이 네 단계가 따로 움직이는 것처럼 보이지만, 실제로는 서로 얽혀 있으면서 "어느 순간, 어떤 전략으로 예산의 문을 두드리느냐?"에 따라 도시의 1년, 5년, 10년이 달라지게 된다.

연말, 예산안이 통과되면 다음 해 안산의 사업·정책이 어느 정도 윤곽을 갖추게 된다.

이 과정 전체가 사실상 하나의 긴 정치·행정 협업 과정이다.

회의장에서 보이는 건 그 중 일부에 불과하다. "예산이 없어서 안 된다."는 말을 듣고 싶지 않았다. 정치를 하면서 가장 하기 쉬운 말 중 하나가 "예산이 없다."는 말이다. 틀린 말은 아니다. 재정 여건에는 한계가 있다. 하지만 이 말이 너무 쉽게, 너무 자주 쓰이면 결국 이렇게 된다. "예산이 없으니 그 문제는 구조적으로 해결하기 어렵다.", "예산이 없으니 당장은 힘들다." 그 사이에서 시민의 요구와 삶의 문제는 계속 뒤로 밀린다.

나는 의정활동을 하면서 가능하면 "예산이 없어서 안 된다."보다는

“이 문제를 예산 구조 안에서 어떻게 풀어낼 수 있을까?”를 먼저 고민하려 했다.

예산이 없는 게 아니라, 그 문제를 넣을 칸을 아직 만들지 않았을 수도 있다.

기존 사업 구조를 바꾸거나, 우선순위를 조정하거나, 국비·도비·시비를 새로 엮어 보거나, 기금·특별회계를 활용하거나, 몇 년에 나누어 하는 중기 사업으로 설계하거나, 물론 모든 요구를 다 예산으로 풀 수는 없다.

그래서 정치적 선택이 필요하다.

어떤 문제는 “지금 당장이 아니어도 된다.”고 말하고, 어떤 문제는 “이건 지금 손대지 않으면 나중에 훨씬 큰 비용을 치른다.”고 판단해야 한다.

나는 교육·돌봄, 교통·인프라, 산단·일자리, 복지·돌봄·여성·노인, 문화·체육·평생학습 같은 영역을 가능하면 “지금 손대야 하는 문제” 쪽에 두고 싶었다.

그 기준이 완벽했다고 말할 수는 없지만, 적어도 “예산이 없어서 못했다.”는 말로 내 책임을 다 덜어 내고 싶지는 않았다.

8. 한 도시의 예산을 바라보는 시민의 자리

지금까지는 내가 의정활동을 하며 안쪽에서 본 예산 이야기였다.

하지만 결국 예산의 주인은 시민이다.

그래서 나는 이 장의 마지막 부분은 시민의 자리에서 하고 싶은 말로 채워 보고 싶다.

한 도시의 예산을 시민이 전부 들여다보고 조목조목 따져 볼 수는 없다. 그건 현실적으로 어렵다. 하지만 몇 가지 질문만큼은 함께 던질 수 있다고 생각한다.

"우리 도시 예산에서 아이·노인·장애인·여성을 위한 예산 비율은 어느 정도인가?", "길·건물·시설보다 사람·복지·교육·돌봄·문화에 쓰이는 돈이 너무 뒤로 밀려 있지는 않은가?", "산단과 공단에 들어가는 예산이 노동·환경·안전에 충분히 쓰이고 있는가?", "교통 인프라 예산이 차와 도로 중심이 아니라 보행자·대중교통·약자를 향하고 있는가?", "한 번 지은 건물보다 그 안을 채우는 프로그램과 사람에게 얼마나 투자하고 있는가?" 이 질문들을 시민이 던지기 시작할 때 예산은 더 투명해지고, 정치는 더 구체적인 설명을 내놓을 수밖에 없다.

나는 이 책이 예산 구조와 기록을 일일이 나열하기 위한 책이라기보다는, "한 도시의 예산을 어떻게 바라볼 것인지에 대한 하나의 시선을 공유하는 책"이 되었으면 한다.

다음 11장과 12장에서는 이제 이 예산 구조 위에서 중앙정부 정책과 현장의 거리가 어디에서 어긋나고, 어디에서 만나고 있는지, 경제자유구역·산업전환·RE100 같은 국가 전략 속에서 안산이 어떤 역할을 맡을 수 있는지, 조금 더 구체적으로 살펴보려 한다.

한 도시의 예산은 단지 숫자의 문제가 아니다. 그 도시가 어디를 보고

서 있는지, 누구를 포기하지 않겠다고 말하는지, 어떤 미래를 책임지겠다고 약속하는지를 가장 솔직하게 드러내는 거울이다. 나는 그 거울 속에서 안산의 얼굴을 조금 더 또렷하게, 조금 더 다정하게 보고 싶다.

11장

중앙정책과 현장의 거리 어긋남과 만남의 기록

정치를 하면서 가장 자주 오갔던 길은 안산-수원-서울을 잇는 길이었다.

안산에서 민원을 듣고, 수원 도의회 회의장에서 예산과 정책을 논의하고, 때로는 서울의 중앙부처를 찾아가 설명하고 부탁하고, 다시 안산으로 내려와 주민들 앞에 서는 일. 이 셋 사이에는 늘 일정한 거리가 있었다.

지도 위 거리만이 아니라, 정책 언어와 생활 언어의 거리, 보고서 속 숫자와 현장의 얼굴 사이의 거리, 나는 의정활동 12년 동안 그 거리를 줄이는 일을 정치의 한가운데로 보고 싶었다.

이 장은 중앙정책과 안산의 현장이 어디에서 어긋났는지, 또 어디에서 잘 만났는지에 대한 나름의 기록이다.

종이에 적힌 정책, 사람 입에서 나온 말

중앙부처 공무원과 이야기를 하면 항상 느껴지는 게 있다.

"이 사람들도 나름 최선을 다해 나라 전체를 보려고 애쓰고 있구나."
그 사람들의 책상 위에는 수십 개의 시·군 이름이 동시에 올려져 있다.

국가재정운용계획, 부처별 중기계획, 각종 위원회 보고서, 통계와
그래프, 전국 단위의 지표들. 이 자료들을 보면서 어느 지역에 어느 정
책을 어떤 순서로 펼칠지 고민한다.

문제는, 그렇게 만들어진 정책이 안산의 하루와 만나는 순간이다.

"서울 기준으로 설계된 제도"가 안산에 그대로 내려오는 경우, 평균
값을 기준으로 만든 정책이 평균에서 벗어난 도시를 설명하지 못할
때, 도시마다 다른 얼굴을 한 장의 엑셀 표로 정리해 버리는 순간 그때
거리가 생긴다.

중앙에서 만든 정책 문서와 안산 골목에서 들리는 사람들의 말 사이의
거리, 정치인으로서 나는 그 둘을 번역하는 역할을 해야 한다고 느꼈다.

누리과정, "돈 싸움" 같았던 논쟁 뒤에 남아 있던 것

누리과정 예산을 둘러싼 갈등은 중앙정책과 현장의 거리가 얼마나
멀어질 수 있는지를 가장 극명하게 보여 준 사건 중 하나였다.

중앙정부는 "무상보육 확대"를 이야기했고, 좋은 말로 포장된 정책
이 시·도교육청과 지방정부로 내려왔다.

하지만 막상 예산 편성 단계에서 책임을 누가 질 것인지가 명확히 정리되지 않으면서, 국민에게는 "좋은 정책 발표"가 남고, 현장에는 "예산 싸움"만 남는 구조가 만들어졌다. 국회와 정부, 교육청과 시·도, 여야가 서로에게 책임을 미루는 동안 현장에서 들려온 목소리는 훨씬 단순하고 절박했다.

"이번 달 인건비는 제때 나오는 거냐.", "부모들한테 뭐라고 설명해야 하느냐." 나는 교육위원회에서 누리과정 예산 문제를 다루면서 이 갈등을 단지 "정치권의 싸움"으로 보고 싶지 않았다.

이미 아이와 부모에게 한 번 약속한 정책이었다. 그 약속을 지키는 방법을 찾아야 했다.

교육위원회 차원에서 기자회견을 열고, 삭감된 예산을 다시 살리기 위해 여야를 설득하는 과정은 국가에서 만들어진 정책과 안산 어린이집·유치원 현장 사이의 거리를 조금이라도 줄이는 일이었다. 그 과정에서 배운 건 하나다.

중앙정책이 아무리 그럴듯해도 예산 구조와 책임 분담이 명확하지 않으면 현장에서는 혼란과 불신만 남는다.

정책 문장과 예산표, 그리고 어린이집 현장의 하루를 같은 눈높이에서 보려는 시도가 정치에 반드시 필요하다는 걸 그때 뼈저리게 느꼈다.

어린이집 도시가스요금 감면, "제도의 빈칸"을 발견했을 때

초선 시절 처음 했던 5분 발언 역시 중앙정책의 빈틈과 현장의 불일

치를 드러내는 경험이었다.

어린이집은 영유아보육법에 근거한 시설이면서 분명히 사회복지시설인데, 도시가스요금 감면 대상에서는 어린이집만 쏙 빠져 있었다. 법과 시행령, 행정 해석을 따라가 보면 "이상은 없다." 어디엔가 분명 근거가 있다.

하지만 현장에서 보면 설명이 되지 않는 장면이 펼쳐진다. 같은 동네 노인복지관은 감면을 받는데, 바로 옆 어린이집은 아무 혜택을 못 받는 상황. 아이들의 안전과 돌봄을 책임지는 공간이 제도 설계에서 한 칸 비켜서 있었던 것이다.

나는 그 문제를 가지고 도의회 본회의장에서 5분 발언을 했다. 사회복지시설로서의 어린이집 위치, 현장의 부담, 제도 설계의 허점. 그리고 그 발언에 그치지 않고 중앙정부를 향해 청원서를 제출했다.

이 경험은 나에게 한 가지를 분명히 가르쳐 주었다. 중앙정책과 법령은 "큰 틀"을 맞추는 데 능하지만, 그 큰 틀 안에서 누가 빠져 있는지까지 꼼꼼히 살피지는 못한다. 그 빈칸을 발견하고, 채워 넣으라고 요구하는 일이 지방의회의 몫이다.

그게 중앙정책과 현장 사이의 거리를 실제로 줄이는 일이다.

교육·복지·산업정책, "한 줄로 서지 않는 도시" 안산

중앙정책은 대부분 "전형적인 도시"를 상정하고 만들어진다.

　　　　　　　　　　　　　　　　　　　　　　서쪽에서 뜨는 해

- 산업도시
- 교육도시
- 주거도시
- 관광도시

도시들에 이런 라벨을 붙여 놓고 정책을 설계하면 정리는 깔끔해진다.

하지만 안산은 이 어느 한 줄에만 서지 않는다. 공단과 국가산단이 있는 산업도시이면서, 대학과 연구기관, 평생학습 인프라가 있는 교육도시이고, 다문화·이주민 비율이 높은 도시이면서, 바다와 하천, 관광 요소를 가진 도시다.

그렇다 보니 중앙정책이 내려올 때 자주 이런 문제가 생긴다.

산업정책은 공단만 보고, 교육정책은 학교 안만 보고, 복지정책은 인구 구조만 보고, 문화정책은 관광 포인트만 보는 식, 그러면 안산의 현실은 늘 어딘가 애매하게 남는다. 예를 들어, 공단 근로자의 현실을 모른 채 "평균 노동시장"을 기준으로 짠 일자리 정책, 다문화·이주민 비율을 반영하지 않은 교육·복지·주거 정책, 공단과 주거지가 동시에 밀집해 있는 도시 구조를 고려하지 않은 환경·안전 기준. 이런 것들은 숫자로 계산한 '도시 평균값'으로는 설명되지 않는다.

그래서 나는 이 복합성을 넘어 '자치분권'의 필요성을 함께 강조했다.

그래서 중앙에서 만든 정책을 그대로 내려보내는 방식으로는 이 도시를 제대로 바꿀 수 없다.

지역이 스스로 설계하고, 선택하고, 책임지는 자치의 공간이 더 넓
어져야 한다.”

당시 대통령소속 자치분권위원으로 활동했었다. 중앙정부의 정책
은 전국 평균을 기준으로 설계되지만, 지방정부는 각자의 색깔이 다
르고 현실이 다르기 때문에 지방 자치분권제도는 절실하게 필요한 부
분이다.

안산 같은 도시는 공단과 항만, 대학과 농어촌, 다문화와 원도심이
한 도시 안에 동시에 존재하는 곳이다. 이런 도시에는 한 가지 정책을
일괄 적용하는 방식이 아니라, 여러 정책을 동시에 실험하고 조합해
볼 수 있는 권한과 재량, 그 결과를 다시 제도로 반영할 수 있는 자치
의 통로가 필요하다.

어느 날은 중앙정책과 안산의 현실이 어긋나서 힘들었고, 어느 날은
그 복합성과 자치의 여지를 살려 새로운 가능성을 여는 모델 도시를 꿈
꿀 수 있었다. 내가 자치분권을 반복해서 말하게 되는 이유는 단순하다.

“안산 같은 도시가 제대로 숨 쉬게 만드는 길은 중앙의 평균값이 아
니라 지방이 스스로 선택할 수 있는 권한에서 시작된다.”

어긋남의 장면들 좋은 의도, 서툰 설계

중앙정책과 현장이 어긋나는 장면은 의외로 ‘좋은 의도’에서 시작된
다. 그러나 현실은 기준을 강화하겠다고 만든 환경 규제가 소규모 기

업들이 감당하기 어려운 방식으로 설계됐을 때, 안전 기준을 높이겠다고 만든 제도가 실제 현장에 맞지 않는 서류 작업으로 변했을 때, 청년정책이 서울의 청년 현실만 기준으로 만들어졌을 때, 복지정책이 "한 가구당, 한 사람당" 숫자로만 설계돼 가족·커뮤니티구조를 반영하지 못했을 때, 안산 현장에서 이런 정책을 마주하면 가장 먼저 나오는 말은 "이렇게까지 하라는 건 아니었을 거다."였다. 정책의 방향은 맞지만, 방법이 현장을 모른다는 뜻이다.

그때 지방의회의 역할은 단순히 반대하거나 블록하는 게 아니라 "이 방향은 맞지만 방법을 이렇게 바꾸자."라고 계속 되돌려 보내는 일이다. 중앙에 가서 "이 제도가 안산에서는 이렇게 작동하고 있다."고 말하고, 도 차원에서 조례와 시행기준을 조정하고, 시와 함께 현장 적용 방식을 실질적으로 수정하는 과정. 이게 반복될 때 비로소 중앙정책과 현장의 거리가 조금씩 줄어든다.

만남의 장면들: 방향이 같을 때 열리는 통로

반대로 정책의 방향과 현장이 기막히게 맞아떨어지는 순간들도 있었다.

- 산단 재생·구조고도화 정책이 반월·시화의 고민과 만나 기반시설·스마트제조·환경개선 예산으로 연결되었을 때
- 평생학습·평생교육 정책이 안산의 평생학습도시 구상과 만나 도서

이럴 때는 "중앙정책이 현장을 모른다."는 말은 더 이상 통하지 않는다. 오히려 현장이 중앙정책의 내용을 깊이 이해하고, 자기 도시의 언어로 재해석해 적용하려는 노력까지 더해져야 제대로 된 결과가 나온다.

중앙정책과 현장은 애초에 완벽하게 맞을 수 없다. 하지만 서로를 향해 반걸음씩만 움직여도 충분히 만날 수 있다.

정책을 설계하는 사람과 현장을 지키는 사람이 서로 상대의 언어를 배우려고 할 때, 예산과 제도를 "우리 일"이라고 느끼기 시작할 때, 실패와 시행착오를 부끄러워만 하지 않고 다음 설계에 반영하려고 할 때, 그때 비로소 정책과 현장이 만나는 통로가 열린다.

중앙-도-시, "누가 잘못했냐?"를 가리기보다 "어디서 끊겼냐?"를 찾는 일

갈등이 생기면 정치는 쉽게 "책임 공방"으로 빠져든다. 중앙정부는 지방정부를 탓하고, 지방정부는 중앙정부와 의회를 탓하고, 의회는 행정부를 탓한다. 그러는 사이 시민은 이렇게 느낀다. "누가 잘못했는지는 모르겠는데, 어쨌든 우리 삶은 안 바뀌었다." 나는 이런 상황이 올 때마다 가능하면 "누가 잘못했냐?"보다 "어디서 끊겼냐?"를 먼저 찾

                    서쪽에서 뜨는 해

으려고 했다.

법과 제도 설계 단계에서 끊겼는지, 예산 배분 단계에서 끊겼는지, 집행 지침·행정 해석에서 끊겼는지, 현장 행정과 서비스 제공 단계에서 끊겼는지 어디서 끊겼는지를 찾으면 다음 수순이 보인다.

법·제도를 고칠 일인지, 예산 구조를 바꿀 일인지, 지침과 매뉴얼을 손볼 일인지, 현장 인력·운영체계를 지원할 일인지, 정치의 언어가 "누가 잘못했냐?"에만 머무르면 갈등은 더 커지고, 제도는 움직이지 않는다.

중앙정책과 현장의 거리를 줄이는 일은 늘 "끊어진 지점을 찾고 다시 잇는 일"에 가까웠다.

다리 위에 서 있는 사람으로 산다는 것

3부의 제목은 "중앙정부와 안산을 잇는 다리"다.

도의원으로, 그리고 정책과 예산을 다루는 사람으로 지내는 동안 나는 늘 그 다리 위에 서 있다는 느낌을 받았다.

한쪽 끝에서는 중앙정부와 경기도가 정책과 예산의 큰 방향을 이야기하고, 다른 쪽 끝에서는 안산 시민들이 하루의 걱정과 구체적인 요구를 말한다.

그 사이에서 어느 쪽 말도 그냥 그대로 옮기지 못하고, 중앙의 언어를 안산의 하루로 번역하고, 안산의 요구를 정책과 예산 언어로 다시 묶어 중앙과 도에 설명해야 했다. 때로는 두 쪽 모두에게 미움을 살 각

오를 해야 했다.

현장에서는 "왜 거기 가서 더 세게 말하지 않느냐?"고 하고, 중앙과 도에서는 "왜 그렇게 계속 요구만 하느냐?"고 했다.

그럼에도 불구하고 내가 이 자리를 계속 붙들 수 있었던 이유는 하나다.

도시는 다리 없이는 설 수 없기 때문이다.

정책과 예산, 법과 제도, 중앙과 지방을 잇는 다리가 없으면 좋은 말도 좋은 계획도 결국 사람의 삶을 바꾸지 못한다.

11장은 그 다리 위에서 본 어긋남과 만남의 기록이다.

다음 12장에서는 이제 더 구체적인 이름들을 불러 볼 생각이다.

경제자유구역, 산업전환, RE100.

국가 전략이라는 이름으로 움직이는 거대한 계획 속에서 안산이 어떤 자리를 차지할 수 있는지, 그 계획을 어떻게 안산의 언어로 번역해 현장의 기회로 만들 수 있을지를 조금 더 구체적으로 그려 보고자 한다.

다리를 놓는 일은 한 번에 끝나지 않는다.

그렇기 때문에 정치는 계속 되어야 한다고, 나는 안산에서 배웠다.

   서쪽에서 뜨는 해

| 12장 |

경제자유구역·산업전환·RE100,
안산의 전략 카드

이 책을 구상할 때까지만 해도 나는 " 안산이 경제자유구역이 확정
된다면…."이라는 가정형 문장으로 이야기를 풀었다.

그런데 이제 그 문장을 고쳐야 한다.

"안산은 이미 경제자유구역을 손에 쥔 도시다." 2025년 9월, 안산 사
이언스 밸리(Ansan Science Valley, ASV)가 산업통상자원부 경제자유
구역위원회에서 의결을 거쳐 경기경제자유구역의 새로운 지구로 공식
지정되었다.

면적 1.66㎢, 한양대 ERICA와 국책연구기관·경기테크노파크·기업
들이 모여 있는 그 구역이 이제 법적으로 "경제자유구역"이라는 이름
을 갖게 된 것이다.

나는 이 소식을 들었을 때 정치인이기 전에 안산에 인생을 묶은 시
민으로서 먼저 이렇게 생각했다. "드디어 이 도시도, 한 번은 크게 판

을 바꿔 볼 기회를 얻었구나.”

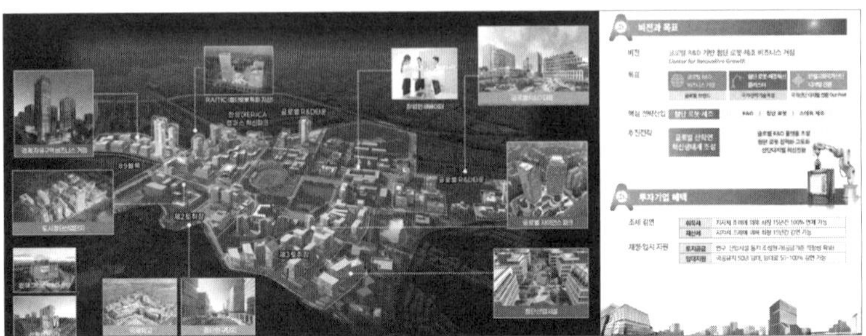

경제자유구역 개발 계획(출처: 경기테크노파크)

안산이 손에 쥔 세 장의 카드

나는 도시의 미래를 이야기할 때 자주 '전략 카드'라는 말을 떠올린다.

모든 도시에 똑같은 카드를 나눠주지는 않는다. 누군가는 관광, 누군가는 행정수도, 누군가는 금융, 누군가는 항만과 물류라는 카드를 쥔다.

안산이 손에 쥔 카드는 조금 다르다.

반월·시화 국가산업단지라는 거대한 제조 기반, 안산 사이언스밸리와 대학·연구기관이라는 두뇌, 바다·에너지·환경 인프라, 그리고 이제 새로 얹어진 경제자유구역이라는 제도. 이 위에 내가 중요하게 보는 세 장의 카드를 올려야 한다.

경제자유구역, 산업전환, RE100. 이 세 장은 서로 별개의 카드가 아니다. 국가의 산업·무역 전략, 기후위기와 에너지 전환, 도시의 일자리와 인구 문제를 한번에 묶어서 “안산이 어떤 역할을 맡을 것인가?”

를 묻는 카드다. 이제 안산은 이 카드를 "쓸 수도 있는 도시"가 아니라 "이미 써야만 하는 도시"가 되었다.

경제자유구역, '혜택'이 아니라 '책임을 나누는 지위'

경제자유구역이라는 단어를 들으면 많은 사람들이 먼저 떠올리는 건 세금 감면, 규제 완화 같은 단어들이다. 틀린 말은 아니다.

하지만 그 설명만 가지고는 경제자유구역의 절반밖에 보지 못한다.

경제자유구역은 특정 지역에 세제·입지·규제 특례를 몰아주기 위한 장치가 아니라, 국가가 그 지역에게 "국가 전략을 함께 짊어질 책임"을 공식적으로 나누어 주는 제도다.

- 외국인 투자유치를 통한 글로벌 첨단 비즈니스 거점
- 신산업 발굴 육성을 통한 지역 산업조성
- 지역역량과 미래비전 핵심 전략산업육성
- 안산시 스마트도시 연계 복합도시개발
- 국제학교·정주 여건 조성
- 글로벌 R&D·비즈니스 거점 조성

경기경제자유구역청과 안산시는 2032년까지 이곳을 글로벌 연구개발(R&D) 기반 첨단로봇·제조산업 비즈니스 거점, 기업연구소·외국교육기관·국제학교·MICE 복합단지 등이 함께 있는 도심형 첨단산업 지구로 만들겠다고 밝혔다.

총 4천억 원이 넘는 사업비가 투입되고, 향후 100년 국제경제도시로, 장기적으로는 수조 원대의 생산·고용 유발 효과가 예상된다는 분석도 뒤따른다.

이 모든 것을 한 문장으로 묶으면 이렇다.

"안산은 이제, 국가 전략의 전면에 공식적으로 올라선 도시다.", "이 도시의 다음 100년을 어떻게 설계할 것인가?"에 대한 시민과 정치·행정의 시험지에 가깝다.

지도 위 경계선이 아니라, 도시의 생활선을 바꾸는 일

경제자유구역 지정 소식을 전할 때 언론에는 늘 지도가 첨부된다.

경계선이 그어진 위성사진, 1.66㎢라는 숫자, 한양대역·사동 일대를 표시한 도면, 지도 속에서는 모든 것이 선명해 보인다. 하지만 정작 중요한 건 지도 바깥에서 벌어지는 일이다.

이 구역에서 만들어지는 일자리가 반월·시화의 노동자와 안산 청년들에게 어떻게 연결될 것인지, 이곳에 들어오는 기업과 연구소·학교가 안산의 기존 상권·주거지·교통과 어떤 영향을 주고받을 것인지, 경제자유구역이 특정 계층만을 위한 '섬'이 아니라 도시 전체의 변화를 끌어내는 '엔진'이 될 수 있을지, 경제자유구역 지정은 지도 위에 새로운 색을 칠하는 작업이 아니다. 도시의 생활선, 사람이 다니는 길·시간·관계를 서서히 바꿔 나가는 일이다.

그래서 나는 경제자유구역을 보는 기준을 이렇게 세우고 싶다. "지도상 경계선이 아니라 시민의 하루를 기준으로 평가하자."

공단의 몸과 사이언스밸리의 두뇌를 함께 바꾸는 전략

이미 안산에는 거대한 공단이라는 몸통이 있다. 반월·시화 국가산업단지. 그 옆에 한양대 ERICA, 국책연구기관, 경기테크노파크, 수많은 중소·중견기업들이 모여 있는 사이언스밸리라는 두뇌가 있다.

경제자유구역 지정은 이 두 가지를 "하나의 생명체"로 다시 묶어 보자는 제안이다.

두뇌(ASV)는 로봇·AI·소프트웨어·R&D를 담당하고, 몸통(반월·시화)은 공정·생산·공급망·일자리를 담당하며, 이 둘을 잇는 인력양성·교통·주거·문화 인프라가 새로운 도시 구조를 만든다.

나는 이 구조를 "공단 도시의 재탄생 모델"로 보고 있다.

과거의 공단 도시가 "값싸게, 빨리 많이 만드는 도시"였다면, 다음 시대의 공단 도시는 "기술과 사람을 키우면서도 탄소와 에너지를 고려하는 도시"가 되어야 한다.

경제자유구역 지정은 이 변화를 "한 번 진지하게 해 보라."는 국가의 요구이기도 하다.

산업전환, 이제는 '선택'이 아니라 '조건'

나는 앞 장에서 산업전환의 필요성을 여러 번 이야기했다.

하지만 경제자유구역 지정 이후의 안산에서는 이 말의 무게가 완전히 달라진다.

이제 산업전환은 "하면 좋고, 안 해도 되는 선택지"가 아니라 "경제자유구역이라는 이름을 지키기 위한 조건"이 되었다.

첨단로봇·제조, 스마트팩토리·자율공정, 연구소·기업·대학이 엮인 산학연 클러스터를 목표로 하고 있다.

그 말은 곧 반월·시화의 기존 제조기업들도 이 흐름 속에서 기술·공정·인력 구조를 바꿔야 지속 가능하다는 뜻이기도 하다.

산업전환 정책을 이제 더 이상 "서울이나 대기업의 이야기"로 둘 수 없다.

공단의 자동화·디지털 전환, 재직자의 직무 전환·스킬업, 청년·여성·중장년 재도전을 위한 교육·훈련 체계, 이 모든 것에 경제자유구역이라는 이름을 붙여야 한다. 나는 안산의 산업전환을 이렇게 정의하고 싶다.

"경제자유구역에 어울리는 도시가 되기 위한 반월·시화의 자기 혁신"이라고.

RE100, '환경운동'이 아니라 '수출도시 안산의 생존전략'

RE100 이야기를 할 때 무슨 환경 운동처럼 생각하는 사람들도 있다.

하지만 경제자유구역 안산에서의 RE100은 더 이상 선택적인 친환경 슬로건이 아니다.

글로벌 완성품 기업들이 납품업체에 RE100·탄소·ESG 기준을 요구하고, 금융기관과 투자자들이 에너지·탄소 지표를 중요한 의사결정 기준으로 삼고 있는 시대에, 수출 비중이 높은 공단 도시가 재생에너지와 에너지 효율화를 제대로 준비하지 않으면, 언젠가 "품질은 좋은데, 전기 출처 때문에 거래가 어렵다."는 말을 듣게 될지도 모른다.

경제자유구역 지정은 이 문제를 도시 차원에서 한 번에 다룰 수 있는 제도적 틀을 제공한다.

- 공단 단위의 RE100 시범 프로젝트
- 재생에너지·분산전원·집단에너지 인프라 구축
- 에너지 효율화·설비 전환 지원
- 탄소·에너지 진단과 컨설팅
- 전력구매계약(PPA)·녹색요금제 활용

이런 것들을 기업별·부처별로 따로 추진하는 것이 아니라, "경제자유구역 안에서 산업전환+RE100 패키지로 실험해 보자."는 그림이 가능해진다.

나는 안산이 "탄소를 많이 배출하는 공단 도시"라는 이미지를 벗고, "RE100을 앞서 준비한 친환경 제조 도시"라는 새 얼굴을 얻을 수 있다고 믿는다.

그 첫 무대가 바로 안산 사이언스 밸리와 반월·시화 국가산단이 연결된 이 축이다.

지정이 끝이 아니라, '지정 이후'가 진짜 승부다

경제자유구역 지정이 발표되고 도시는 잠시 흥분 상태가 된다.

현수막이 걸리고, 축하 인사가 오가고, "제2의 송도·판교" 같은 제목이 쏟아진다.

그러나 정말 어려운 시기는 그다음부터 시작된다. 토지와 건물, 임대료와 집값, 기존 주민과 새로 들어오는 사람들, 공단 노동자와 첨단산업 종사자, 교육·교통·주거·돌봄 인프라, 환경과 안전, 이 모든 것을 다시 조정하는 긴 시간의 정치·행정이 필요하기 때문이다.

단계적으로 조성될 예정이다.

- 일자리: 경제자유구역에서 생기는 일자리가 안산 청년·중장년·여성·공단 근로자에게 실제로 열려 있는 구조를 만들 것.
- 교육: 대학·연구기관·국제학교·직업교육·평생학습이 경제자유구역과 도시 전체를 잇는 "교육 네트워크"가 되도록 설계할 것.
- 주거·교통: 경제자유구역 개발이 기존 주거지와 교통망을 압박하지 않

이건 어느 한 사람, 어느 한 정권이 해낼 수 있는 일이 아니다.

그래서 나는 경제자유구역 지정을 "어느 한 시대의 치적"이 아니라 "안산 시민과 도시 전체가 함께 떠안은 장기 프로젝트"로 보고 싶다.

시민이 전략 카드를 읽을 수 있어야, 도시도 길을 잃지 않는다

최근 안산에서는 '경제자유구역과 미래 안산'이라는 이름으로 토론회와 간담회들이 열리고 있다. 전문가, 공무원, 정치인, 기업인과 시민들이 모여 경제자유구역이 도시 전체에 어떤 의미를 갖는지, 어떤 위험과 기회가 동시에 생기는지, 무엇을 미리 준비해야 하는지 함께 이야기하기 시작했다.

나는 이 장면이 매우 중요하다고 생각한다.

경제자유구역·산업전환·RE100 같은 단어는 처음 들으면 어렵다.

하지만 그 속을 조금만 열어 보면 내용은 결국 이 질문으로 좁혀진다.

"우리 아이들이, 어떤 도시에서 일하고, 어떤 시간표로 살게 하고 싶은가."

이 질문을 시민과 같이 붙들고 있으면 도시는 큰 전략 카드들을 잘못된 순서로 내지 않는다.

일부만을 위한 부동산 개발로 흐르지 않도록, 공단과 원도심을 버리고 새 지역만 키우는 방향으로 가지 않도록, 환경과 에너지를 또 한 번 '나중 문제'로 미루지 않도록, 그래서 나는 경제자유구역 안산의 전략 카드를 전문가들만의 언어가 아니라 시민이 읽을 수 있는 언어로 번역하는 일을 정치의 중요한 역할이라고 믿는다.

4부

다음 도시, 안산

시민과 함께 그리는 미래 설계도

13장

떠나는 도시에서 돌아오는 도시로

안산에서 오래 살다 보면 자주 듣게 되는 말이 있다.

"애 학교 때문에라도 언젠가는 안산을 나가야 하지 않을까….", "공단 도시 이미지가 있으니 아이들 크면 이사 가야죠." 어떤 말은 농담처럼 흘려듣지만, 어떤 말은 마음 한쪽을 콕 찌른다.

나는 안산에서 결혼과 육아, 정치인의 시간을 모두 겪었다. 그래서 안산을 떠나는 사람들의 이유를 모르는 척할 수 없다.

그래서 나는 안산의 다음 12년을 이야기할 때 이 질문에서 출발하고 싶다.

"어떻게 하면 안산이 떠나는 도시가 아니라 다시 돌아오는 도시가 될 수 있을까?"

떠나는 도시의 표정: 장면으로 남은 말들

의정활동을 하면서, 또 시민들과 만나면서 비슷한 장면을 자주 보았다.

아이 초등학교 졸업을 앞둔 부모가 "중학교부터는 다른 도시로 옮기는 게 낫지 않을까?"

대학 진학을 앞둔 청년이 "안산을 좋아하지만 일자리는 서울·판교·광교 쪽에 더 있지 않느냐?"고 말하는 순간, 공단에서 수십 년 일한 근로자가 "정년 지나면 애들 사는 곳으로 올라가야지."라고 한 사람 한 사람의 선택은 충분히 이해할 수 있다. 문제는 그 선택이 모여 도시의 방향이 바뀌기 시작할 때다. 청년 인구가 줄고, 아이 울음소리가 적어지고, 골목길과 학교, 상가의 풍경이 조금씩 달라진다. 도시는 이렇게 조용히, 서서히 "떠나는 도시"가 되어 간다.

숫자로 보면 인구통계 한 줄에 지나지 않지만, 현장에서 보면 이건 "도시가 자기 다음 세대를 붙잡지 못하고 있다."는 신호다.

'떠나는 도시' 뒤에는 항상 같은 질문이 있다. 도시를 떠나는 사람들을 탓하는 건 아무 의미가 없다.

우리가 해야 할 일은 언제나 "왜?"를 묻는 것이다. 왜 아이를 키우는 부모는 중·고등학교 시기를 안산에서 보내는 것을 불안해할까. 왜 청년은 대학·취업을 계기로 자연스럽게 다른 도시를 먼저 떠올릴까. 왜 중장년·노인은 "마지막은 시골/다른 도시에서"를 일종의 꿈처럼 이야기할까. 답은 복잡하지만, 크게 보면 몇 가지가 겹쳐 있다.

① 일자리의 질과 다양성: 공단 일자리는 많지만, 청년·여성이 꿈꾸는

직종과 연결되지 않는 부분.

② 교육과 진로의 경로: 초·중·고, 대학, 직업교육, 평생학습까지 이어지

는 "안산 안에서의 성장 경로"가 선명하지 않은 부분.

③ 주거와 생활환경: 오래된 단지와 신축 아파트, 공단과 주거지의 거리,

안전·환경·여가 공간 등.

④ 도시 이미지와 자부심: 실제 삶의 질과 상관없이 "공단 도시"라는 한

줄 이미지가 도시를 설명하는 언어가 된 현실.

안산은 이 네 가지를 한 번에 풀어야 하는 도시다.

나는 이 문제를 "인구"라는 말보다 "도시에 대한 신뢰"라는 말로 이야기하고 싶다.

사람들이 떠나는 도시의 공통점은 대부분 이렇다. "이 도시에서 내 10년, 우리 아이의 10년을 맡길 수 있을지 잘 모르겠다."

우리가 바꿔야 하는 건 바로 이 감정이다.

'돌아오는 도시'라는 상상: 누가, 언제, 왜 돌아올까

나는 요즘 "떠나는 도시에서 돌아오는 도시로"라는 말을 머릿속에 자주 그려 본다. 돌아온다는 건 한 번은 떠났다는 뜻이다. 그래서 이 상상은 조금 더 솔직해야 한다. 스무 살에 대학을 가며 떠났다가, 첫 직장을 얻으며 타지에 머물다가, 결혼·육아·경력 전환의 기로에서 다

시 도시를 고를 때, 그때 안산이 선택지에 올라오는 도시. 공단에서 정년을 맞은 근로자가 "이 도시가 그래도 내 삶의 무대였다."고 말하며 노년을 여기에서 보내고 싶어지는 도시. 타지에서 자란 청년이 "안산에 일자리와 생활환경이 갖춰져 있다면 살아 볼 만한 도시"라고 생각하는 도시. 이게 내가 말하는 "돌아오는 도시 안산"의 그림이다. 그렇다면 무엇을 바꿔야 할까.

도시의 시간대로 보기: 0세부터 80세까지, 안산에서의 삶

정책을 세울 때 나는 종종 도시를 "나이"로 나눠 본다.

- 0~18세: 아이와 청소년의 시기
- 19~34세: 청년·대학생·사회 초년생 시기
- 35~64세: 일하고, 아이를 키우고, 부모를 돌보는 세대
- 65세 이후: 노년, 두 번째 삶의 시기

돌아오는 도시를 만들려면 각 시기마다 이 질문에 답할 수 있어야 한다.

"이 나이에, 이 도시에서 사는 게 다른 도시보다 무엇이 더 낫거나 덜 불안한가."

그래서 나는 안산의 다음 12년을 이렇게 나누어 생각하고 싶다.

1. 아이가 떠나지 않는 도시 교육·놀이·안전의 삼각형

부모가 도시를 떠날 때 가장 큰 이유 중 하나가 아이 교육과 안전이다.
안산에서 아이를 키우는 부모들이 이렇게 말할 수 있어야 한다.
"적어도 초·중·고까지는 안산에서 보내도 괜찮다. 아니, 안산이라서 더 좋다."
그러려면 세 가지 축이 필요하다.

① 학교 교육의 신뢰

- 학교 시설 개선

- 교실·도서관·체육·예술 환경

- 교육격차를 줄이는 정책

② 마을과 평생학습이 연결된 배움

- 도서관·평생학습관·마을교육공동체

- 방과 후·돌봄·체험·동아리 활동

- 교실 밖에서 이루어지는 성장

③ 통학로·놀이터·동네 안전

- 학교 주변 교통·보행 안전

- 아이들이 혼자 다닐 수 있는 골목과 공원 환경

- 범죄 예방과 생활 안전망

경제자유구역과 공단 재편, 산업전환과 RE100 이야기 속에서도 이

삼각형은 절대 흔들려서는 안 되는 기본 구조다.

공단과 연구단지가 아무리 좋아져도 아이와 부모가 이 도시를 불안하게 느낀다면 그 도시는 오래 버티지 못한다.

2. 청년이 떠나도 다시 돌아올 수 있는 도시 일자리와 삶의 질

청년은 한 도시에 정착하기 전에 여러 도시를 거치는 존재다.

그래서 나는 "청년이 떠나지 않는 도시"보다 "청년이 떠나도 다시 돌아올 수 있는 도시"를 목표로 삼는 게 더 솔직한 접근이라고 생각한다. 청년의 도시 선택 기준은 대체로 이렇다.

- 첫 번째는 일자리
- 두 번째는 집값과 주거
- 세 번째는 도시의 재미와 가능성

안산은 여기에 나름의 장점을 가지고 있다.

공단과 사이언스밸리, 경제자유구역으로 이어지는 산업·연구 기반, 수도권 전철·GTX-C, 신안산선·고속도로 서울·수도권 접근성, 바다·강·공원·생활체육 인프라, 하지만 부족한 부분도 분명하다.

청년에게 매력적인 산업·직종의 다양성, 청년 주거와 문화 공간, 창업·도전 기회와 네트워크, 나는 안산이 청년에게 이런 도시가 되었으면 한다.

"서울에서 몇 년 일해 보고, 힘들면 안산으로 내려와 다시 시작해도 괜찮은 도시."

이를 위해서는 경제자유구역 안의 첨단 일자리와 기존 공단의 양질 일자리를 청년과 연결하는 전략, 사회초년생·신혼부부를 위한 부담 가능한 주거 정책, 청년 문화·창업·커뮤니티를 위한 공간과 예산, 이 세 가지가 구체적인 계획으로 이어져야 한다.

3. 중장년이 버틸 수 있는 도시 일·돌봄·건강의 균형

35세에서 60대 초반까지의 시간은 도시를 떠받치는 세대의 시간이다. 이 시기에 도시가 주는 메시지가 이렇다면, 사람은 떠나고 싶어진다. 일은 많은데 불안정하고, 돌봄과 교육 부담은 가정에만 쏠리고, 몸은 아픈데 여유와 지원은 부족한 도시. 안산의 다음 12년은 이 세대에게 다른 메시지를 줄 수 있어야 한다.

- 공단·경제자유구역·서비스업·공공부문 등 다양한 일자리에서 끊김 없이 경력을 이어갈 수 있는 구조,
- 아이 돌봄·노부모 돌봄이 전적으로 가족에게만 떠맡겨지지 않는 사회적 돌봄 체계,
- 직장과 집, 운동과 휴식, 배움과 재도전을 한 도시 안에서 계속 이어갈 수 있는 생활 인프라 이 부분은 복지·교육·산업·교통 정책이 서로 엮이지 않으면 절대 해결되지 않는다.

안산이 "중장년이 버티다 쓰러지는 도시"가 아니라 "중장년이 다시 한 번 도전할 수 있는 도시"가 되도록 정치는, 정책은 구조를 바꿔야 한다.

4. 노년이 떠나지 않는 도시 마지막까지
   '우리 도시'라고 부르고 싶은 곳

노인의 도시 선택 기준은 생각보다 단순하다.

익숙한 사람과 공간이 있고, 몸이 불편해도 다닐 수 있는 병원과 시설이 있고, 외롭지 않을 수 있는 관계망이 있는 도시. 나는 안산의 어르신들을 만나면 이 말을 자주 듣는다. "그래도 여기가 내 청춘을 보낸 곳이야." 이 말은 도시에게 주어진 굉장한 자산이다. 그런데도 노년이 되면 도시를 떠날 수밖에 없다고 느끼는 건 이 구조가 부족하기 때문이다. 복지관·경로당·주민센터·평생학습관 등 노년 생활 인프라, 의료·요양·돌봄·주거가 함께 설계된 고령친화 도시, 세대와 세대가 섞여 사는 골목과 공동체 구조. 나는 안산이 노년에게 이렇게 말할 수 있는 도시가 되기를 바란다.

"젊을 때 일하러 왔다가 나이 들어 떠나는 도시"가 아니라, "젊을 때 일하러 왔다가 나이 들어도 계속 살고 싶은 도시." 도시의 품격은 끝까지 책임지는가에서 드러난다.

160

도시 이미지를 바꾸는 건 슬로건이 아니라 일상의 장면이다

안산을 떠나는 이유를 이미지 탓으로 돌리는 건 쉽다. "공단 도시라서 그렇지 뭐." 하지만 이미지는 하루아침에 생기지 않는다.

뉴스 속 사건사고, 허술했던 시기의 도시계획, 제대로 관리되지 못한 환경과 안전, 시민 스스로도 도시를 낮춰 부르는 언어, 이 모든 것이 쌓여 "공단 도시"라는 한 줄 이미지가 안산을 설명하는 말이 되어 버렸다.

나는 이 이미지를 슬로건으로만 바꿀 생각이 없다. 도시 이미지는 일상의 장면이 바뀌어야 조금씩 따라 바뀐다.

퇴근 후 체육관·공원·도서관·공연장을 자연스럽게 찾는 장면, 바닷가·하천·공원에서 가족·연인·친구가 여유를 누리는 주말 풍경, 공단과 연구단지, 대학과 평생학습관을 오가며 사람들의 시간표가 바뀌는 모습, 세대·국적·직업이 다른 사람들이 같은 자리에서 토론하고, 배우고, 웃는 공간들 이 장면들을 예산과 정책, 도시계획과 시민의 선택으로 조금씩 늘려야 한다.

그렇게 5년, 10년이 지나면 도시 이미지는 자연스럽게 달라진다.

떠나는 도시에서 돌아오는 도시로: 정치가 해야 할 일

정치가 할 수 있는 일은 생각보다 단순하면서, 동시에 무겁다.

① 방향을 분명히 말하는 일: "안산을 떠나는 도시로 둘 것인가, 돌아오
   는 도시로 만들 것인가?"에 대해 분명한 답을 내야 한다.
② 예산과 제도를 그 방향에 맞게 바꾸는 일: 경제자유구역·산업전
   환·RE100, 복지·교육·문화·교통 예산을 "인구와 삶의 시간표" 기준
   으로 재배치해야 한다.
③ 시민과 함께 점검하고 수정하는 일: 정책·사업의 성과를 시민과 함께
   확인하고, 부족한 부분은 고치고, 실패도 투명하게 말해야 한다.

나는 이 책에서 그동안의 12년을 돌아보고, 다음 12년의 설계도를
그리려 한다.

"떠나는 도시에서 돌아오는 도시로"라는 말은 그 설계도의 첫 문장
이다.

결국 도시의 미래는 크게 새기는 구호가 아니라, 사람이 떠날 때와
돌아올 때의 선택에서 결정된다.

안산이 누군가의 삶에서 "한때 잠깐 머물렀던 도시"가 아니라, "다시
돌아오고 싶은 도시, 끝까지 책임지고 싶은 도시"가 되도록 나는 정치
와 글을 통해 끝까지 이 질문을 던지고 싶다.

"우리가 사는 이 도시에서, 정치는 어디까지 우리의 삶을 붙잡아 줄
수 있을까." 돌아오는 도시 안산은 그 질문에 대한 나의, 그리고 우리
의 다음 12년짜리 답안지다.

14장

일자리·교육·돌봄이 이어지는 도시

도시를 보는 방식에는 두 가지가 있다고 생각한다.

첫 번째는 지도를 펴 놓고 도로·철도·공단·아파트 단지를 보는 방식, 두 번째는 한 사람의 하루를 따라가 보는 방식이다.

나는 두 번째 방식으로 도시를 보는 쪽에 더 가까운 사람이다.

아침에 아이 깨우고, 어린이집·학교에 보내고, 출근하고, 점심시간에 문자 한번 확인하고, 퇴근길에 마트 들렀다가 다시 집으로 돌아오는 하루, 그 하루의 동선을 따라가 보면 그 도시가 어떤 도시인지가 더 솔직하게 드러난다.

그래서 나는 안산의 다음 12년을 생각할 때 이 질문을 붙들고 싶다.

"이 도시에서 일자리·교육·돌봄은 서로 얼마나 잘 이어져 있는가?"

끊어지는 지점들 도시의 틈을 따라가 보면 안산 시민들의 하루를 떠올려 보면 곳곳에 '끊어지는 지점'이 보인다.

부모가 출근하는 시간과 아이가 등·하교하는 시간 사이에 생기는 틈, 초등 1·2학년이 오후에 홀로 집에 있게 되는 시간, 맞벌이 부부가 "오늘은 누가 일찍 나가야 하지?"를 놓고 매번 회의하는 아침, 중·고등학생이 학교·학원·집 사이를 오가지만 "나는 나중에 어떤 일을 할 수 있을까?"라는 질문에는 답을 찾지 못하는 청소년의 시간, 40~50대가 구조조정·폐업·전직 앞에서 "다시 배우고 싶지만 어디서, 어떻게 시작해야 하는지 모르겠다."고 말하게 되는 순간, 부모님 돌봄과 아이 돌봄이 동시에 쏟아져 들어와 한 집안이 버티기 힘들어지는 어느 저녁, 이 각각의 장면은 서로 다른 문제처럼 보이지만, 본질은 하나다.

도시가 일자리·교육·돌봄을 각각 따로 설계해 놓았기 때문에 생기는 틈이다. 나는 이 틈을 정책의 언어로만 보지 않고 "도시의 균열"로 보고 싶다. 그 균열을 채우지 못하면 사람들은 결국 도시를 떠나거나, 도시 안에서 포기하거나, 혹은 버티다가 지쳐 버린다.

도시의 시간표를 다시 그린다는 것

학교 시간표는 한 장의 종이로 아이들의 하루를 설명하려 한다.

하지만 도시에 사는 사람들의 시간표는 한 장으로 정리되지 않는다. 엄마·아빠·아이·조부모, 청년·중장년·노인, 공단 노동자·사무직·자영업자·돌봄 노동자…. 각자의 시간표가 한 도시 안에서 서로 엇갈리고, 겹치고, 충돌한다.

나는 안산의 다음 12년을 "도시의 시간표를 다시 그리는 시간"이라고 보고 싶다.

출근과 등·하교, 학교·학원·돌봄시설, 경제, 공단·경제자유구역·상가·동네 일자리, 병원·복지관·평생학습관·문화. 체육시설, 이것들이 서로 완전히 따로 움직이는 도시가 아니라, 시민의 하루와 일주일, 일생의 시간대에 맞춰 조금이라도 더 자연스럽게 이어지는 도시,

그게 내가 말하는 "일자리·교육·돌봄이 이어지는 도시"의 그림이다.

지역아동센터 발전방안 정책토론회

아이의 하루에서 시작하는 도시 설계

아이의 하루를 따라가 보는 것만으로도 도시의 민낯이 드러난다.

아침 8시 전, 부모는 벌써 출근을 해야 하는데 어린이집·유치원 등

원 시간은 9시 이후이고, 초등 저학년은 점심 혹은 오후 초반에 수업
이 끝나는데 부모의 퇴근은 저녁 6시·7시 이후인 도시, 그 사이를 메
우기 위해 조부모에게 맡기거나, 학원을 전전하고, 돌봄 공백에 노출
되는 아이들이 생겨난다.

안산에서 아이의 하루를 기준으로 도시를 다시 설계하려면 이런 것
들이 함께 움직여야 한다.

1. 어린이집·유치원-초등 돌봄의 연속성

- 누리과정, 어린이집 도시가스 감면처럼 기본적인 운영 여건을 챙기
  는 것에서 더 나아가, 오후·방과후·방학 기간까지 끊기지 않는 돌봄
  체계를 구축하는 일.

2. 학교와 마을을 잇는 배움터

- 지역아동센터, 마을도서관, 청소년 문화의 집, 체육·예술·과학 활동
  공간을 학교·동네와 자연스럽게 연결하는 일.

3. 안전한 통학과 놀이

- 통학로 보행 안전
- 학교 주변 차량 속도 관리

> • 아이들이 뛰어놀 수 있는 골목과 소규모 놀이터 확충

정책과 예산을 결정할 때 이 질문이 가장 먼저 나와야 한다고 생각한다.

"이 사업이 끝난 뒤, 이 동네 아이의 하루는 어떻게 달라지는가." 나는 어린이집·학교·마을 돌봄을 둘러싼 예산을 볼 때 항상 이 질문을 떠올렸다.

일자리·산업·경제자유구역 이야기와 완전히 별개가 아니다. 아이의 하루가 안정되지 않은 도시에서는 부모의 일자리도 결국 불안정해지기 때문이다.

청년의 '경로'를 만드는 도시: 공부와 일의 다리

청년에게 "너의 경로는 무엇이냐?"고 물어보면 많은 경우 답이 모호하다.

- 고등학교 → 수능 → 대학
- 특성화고 → 취업
- 군대 → 알바 → 취업 준비…

대략적인 흐름은 있지만, 그 안에서 "나는 어떤 일을 하며 살고 싶은가?"라는 질문에 선명하게 답할 수 있는 청년은 많지 않다.

안산은 이 질문에 답할 수 있을 만한 자원을 이미 갖고 있는 도시다.

한양대학교 ERICA, 신안산대학교, 안산대학교, 서울예술대학교, 한국호텔관광실용전문학교, 동산고등학교까지 한 도시에 모여 있는 고등학교와 대학들,

- 경기테크노파크·연구기관
- 반월·시화 국가산단
- 경제자유구역으로 지정된 안산사이언스밸리

문제는 이 자원들이 청년에게 "경로"로 다가가지 못한다는 점이다.

나는 안산이 청년에게 이런 말을 할 수 있는 도시가 되길 바란다.

"이 도시에서 자랐든, 다른 도시에서 건너왔든, 안산에서는 공부와 일의 경로를 몇 가지 방식으로 설계해 볼 수 있다."

예를 들면 이런 그림들이다.

- 특성화고-공단-대학(혹은 평생학습)-연구소로 이어지는 경로
- 2·3년제 대학-경제자유구역 기업-재직자 교육-기술·관리자 경력 경로
- 청년 창업-공유 오피스-R&D 지원-실증 프로젝트-산단·ASV 연계 경로

이를 위해서는 학교 안 진로교육과 산단·ASV 현장 체험을 한 번의 '견학'이 아니라 장기적인 프로그램으로 만들고, 대학·연구기관·기업과 도·시·교육청이 함께 설계하는 지역 인재 육성 프로젝트가 필요하다.

일자리·교육·돌봄이 이어진다는 건 결국 "한 사람이 도시 안에서 여러 번 배움과 일을 교차하며 살아갈 수 있는 구조"를 의미한다.

나는 안산이 그 구조를 만들 수 있는 도시라고 믿는다.

돌봄을 '집안의 문제'에서 '도시의 시스템'으로
돌봄은 언제나 집 안에서 시작된다

아이 돌봄, 노인 돌봄, 장애가 있는 가족의 돌봄. 그래서 행정과 정책은 이 돌봄을 쉽게 보지못한다.

문제는 도시가 돌봄을 나누지 않을수록 가정은 더 빨리, 더 깊게 지쳐 간다는 것이다.

안산에서 일자리·교육·돌봄이 이어지는 도시를 만들려면 돌봄을 이렇게 다시 정의해야 한다.

"돌봄은 가정의 책임이지만, 동시에 도시가 함께 져야 하는 책임이다."

그러려면 공공·민간·마을 돌봄 자원을 하나의 지도 위에 올려놓는 작업이 필요하다.

- 어린이집·유치원·초등돌봄·지역아동센터
- 노인요양시설·주야간보호·방문요양·경로당·복지관
- 발달·중증 장애인 지원시설
- 돌봄 노동자(요양보호사·사회복지사·방문교사 등)

각각 따로 움직이는 이 자원들을 정보·이동·시간이라는 관점에서 엮는 시스템이 필요하다

"어디에 어떤 시설과 서비스가 있는지"를 한 눈에 볼 수 있게 하고, 위기·긴급 상황에서 어떤 연결망이 작동하는지 미리 시뮬레이션해 보는 일, 무엇보다 돌봄을 담당하는 사람들의 처우와 교육에 안정적인 예산을 배치해야 한다.

일터에서의 시간과 돌봄의 시간이 서로 치열하게 부딪히는 도시에서는 경력 단절, 출산·양육 기피, 가족 관계의 파탄이 더 자주, 더 깊게 일어난다.

나는 안산이 "돌봄 때문에 일터를 포기해야 하는 도시"가 아니라 "돌봄과 일이 서로를 조금씩 지지해 줄 수 있는 도시"가 되기를 바란다.

일자리-교육-돌봄을 엮는 실험, 어디서부터 시작할 것인가?

모든 것을 한번에 바꾸겠다는 생각은 대개 실패로 끝난다.

그래서 나는 안산에서 일자리·교육·돌봄이 이어지는 도시를 만들기 위한 실험을 몇 개의 "축"에서부터 시작해야 한다고 본다.

① 경제자유구역-반월·시화-대학-특성화고 축
- 청년·청소년 진로·직업 교육을 이 축과 직접 연결하는 프로젝트.
- 예: "ASV·산단 통합 인턴·현장학습 프로그램", "지역인재 우선 채

    서쪽에서 뜨는 해

용·교육 협약"

② 동(洞) 단위 '생활권 모델'

- 한 두 개 동을 선정해 그 안에서 일자리·교육·돌봄·복지·문화 인프라를 집중적으로 연계·재배치해 보는 모델.
- "차 없는 통학로+마을돌봄+생활체육+평생학습"이 한 지도에 올라가는 구조.

③ 돌봄-일자리 연계 프로젝트

- 경력단절여성·중장년·돌봄 경험자들이 다시 돌봄·복지·교육·공공서비스 분야에서 일할 수 있도록 돕는 경로 설계.
- "돌봄을 경험한 시민이 돌봄 도시의 인력 자원이 되는 구조."

④ 야간·주말 시간대를 활용한 평생학습·재교육

- 공단·서비스업 종사자들이 퇴근 후 혹은 교대 사이에 재교육·자격·전환 교육을 받을 수 있는 시간표.
- 평생학습관·대학·온라인 교육을 안산형 모델로 엮는 작업. 이런 실험들이 성공하든, 실패하든 중요한 건 하나다.

도시가 일자리·교육·돌봄을 세 개의 칸으로 나누지 않고, 하나의 문장으로 말하기 시작했다는 사실.

"나는 이 도시에서 내 시간을 맡길 수 있는가?"라는 질문

결국 도시의 가치는 이 질문으로 귀결된다고 생각한다.

“나는 이 도시에서 내 시간을 맡길 수 있는가.”

아이의 시간, 청년기의 시간, 일하는 세대의 시간, 노년의 시간, 일자리·교육·돌봄이 이어지는 도시란 이 네 시기 모두에서 “그래, 안산이라면 한 번 맡겨 볼 수 있겠다.”는 답을 끌어내는 도시다.

그 답을 얻기 위해 정치는 무엇을 해야 할까.

예산을 볼 때 “사업별 항목”이 아니라 “사람의 시간”을 기준으로 보는 습관, 도·시·교육청·복지·산업·환경 부서가 같은 사람의 하루·일생을 두고 함께 회의하는 구조, 성과를 ‘지표’로만 평가하지 않고 사람의 이야기와 연결해 보는 태도.

나는 이 책에서 안산이 어떤 도시였고, 어떤 도시가 되기를 바라는지 12년의 경험을 바탕으로 적고 있다.

14장의 제목을 “일자리·교육·돌봄이 이어지는 도시”라고 정한 건 안산의 다음 12년을 “사람의 시간” 기준으로 설계하자는 나 자신의 다짐이기도 하다.

다음 15장에서는 이제 시야를 조금 더 넓혀 공단과 바다가 공존하는 방법, 기후위기와 탄소중립을 산업도시 안산에서 어떻게 풀어낼 것인지, RE100과 경제자유구역, 해양과 에너지, 생태와 도시를 어떻게 한 그림으로 묶을 수 있을지 이야기해 보려고 한다.

일자리·교육·돌봄이 이어지는 도시 위에 “공단과 바다가 공존하는 탄소중립 산업도시 안산”이라는 다음 문장을 얹을 수 있다면, 우리가

 서쪽에서 뜨는 해

말하는 "다음 도시, 안산"은 더 이상 꿈이 아니라 설계 가능한 미래가 될 것이다.

15장

공단과 바다가 공존하는
탄소중립 산업도시 안산

안산을 이야기할 때 항상 마음속에 동시에 떠오르는 두 풍경이 있다.

하나는 반월·시화 국가산단, 또 하나는 방아머리, 시화방조제, 풍도·대부도 쪽으로 이어지는 바다와 갯벌, 노을과 갈대밭, 낚싯대와 자전거, 가족과 연인의 옆모습이다.

이 두 장면은 오랫동안 서로 다른 이야기처럼 취급되었다.

"여긴 공단 도시니까 어쩔 수 없다.", "바다는 그냥 쉬러 가는 곳이지, 삶의 중심은 아니잖아요."

하지만 나는 이 두 풍경이야말로 안산이 앞으로 12년 동안 가장 치열하게 붙들어야 할 한 쌍이라고 생각한다.

공단과 바다, 산업과 생태, 일자리와 환경, 성장과 탄소중립, 이 둘을 갈라놓는 도시가 아니라 함께 살게 하는 도시, 이게 내가 꿈꾸는 "탄소중립 산업도시 안산"의 얼굴이다. 안산의 공단을 바라보며 "공단이 있는 도시에서 어떻게 탄소중립을 진짜로 해낼 것인가.”

이 질문에 답해 내는 도시가 앞으로 살아남을 것이다.

바다가 들려주는 말 ‘휴식의 장소’에서 ‘미래의 자산’으로

안산의 바다는 오랫동안 “놀러 가는 곳”으로만 소비되어 왔다.

주말이 되면 방조제와 방아머리는 낚시꾼과 라이더, 가족 나들이로 붐비고, 섬과 갯벌은 사진 찍기 좋은 장소가 된다.

물론 그것만으로도 충분히 소중하다.

하지만 나는 안산의 바다를 조금 다르게 보고 싶다. 기후위기와 탄소중립 시대의 에너지 자산, 생태·환경 교육의 현장, 산단과 도시를 잇는 완충지대, 시민의 정신 건강을 지켜 주는 쉼터.

바다는 단순히 휴가철에 한 번 들렀다가 오는 풍경이 아니라, 도시가 어떻게 숨 쉬는지를 보여 주는 거울이다.

갯벌과 습지, 해안 생태가 어떻게 보존되고 관리되는지, 해양 쓰레기와 오염을 어느 정도까지 줄여 냈는지, 시민이 바다를 얼마나 자주, 얼마나 편하게 찾을 수 있는지에 따라 도시의 ‘속도’와 ‘공기’가 달라진다.

안산은 공단과 바다를 동시에 가지고 있는 드문 도시다.

그래서 나는 이 두 가지를 서로를 잠식하는 존재가 아니라 서로의 한계를 보완하는 존재로 다시 설계해야 한다고 믿는다.

탄소중립은 "공기 좋은 도시" 구호가 아니다

탄소중립이라는 말을 들으면 먼 나라 이야기처럼 느껴지기 쉽다. "그거는 UN이랑 유럽이 하는 얘기 아닌가요?", "우리 같은 중소기업·근로자한테까지 그걸 요구하면 어떻게 일하라는 거냐." 나는 이 말들의 무게를 안다.

하지만 동시에, 탄소와 에너지를 이야기하지 않고는 이제 공단 도시의 미래를 말할 수 없다는 것도 알고 있다.

수출 기업은 이미 해외 바이어와 완성품 기업으로부터 탄소·에너지 기준을 요구받고 있고, 금융·투자는 ESG와 탄소 지표를 중요한 기준으로 삼기 시작했고, 국가 정책은 산업전환·에너지 전환·RE100을 공식적인 방향으로 삼았다.

탄소중립은 더 깨끗한 공기를 위한 선의의 캠페인이 아니라, 산업도시가 생존을 위해 어쩔 수 없이 맞이해야 하는 새로운 룰이다.

나는 그래서 탄소중립을 "환경을 위해 조금 희생합시다."가 아니라 "안산의 공단과 일자리를 다음 세대까지 남기기 위해 반드시 넘어야 할 관문"으로 보고 있다.

공단과 바다가 함께 서는 법-네 가지 축

"공단과 바다가 공존하는 탄소중립 산업도시 안산"이라는 말이 너무 거창하게 들릴 수도 있다. 그래서 조금 나누어 보려고 한다.

내가 생각하는 안산의 탄소중립 산업도시는 대략 이런 네 가지 축 위에 서야 한다.

1. 공단 안에서의 전환-에너지·공정·안전

첫째는 공단 내부의 변화다.

공장의 에너지 효율화, 노후 설비 개선, 스마트공장·공정 자동화, 재생에너지·집단에너지 도입, 산업안전·환경 관리 강화. 이건 이미 여러 정책에서 부분적으로 시도되고 있는 일이다.

하지만, 나는 안산에서 만큼은 이것을 "탄소와 안전, 일자리의 세 가지를 한꺼번에 잡는 프로젝트"로 설계해야 한다고 본다.

에너지를 줄이면서 생산성과 안전을 동시에 높이는 설비, 환경 규제를 "규제"로만 받아들이지 않고 공정 혁신과 수출 경쟁력 강화의 계기로 만드는 시도, 공단 노동자의 건강과 안전을 비용이 아니라 기업·도시의 자산으로 보는 관점, 여기에 RE100을 향한 단계적 목표를 산단 단위로 설정할 수 있다면, 안산은 "탄소 많이 배출하는 공단"이 아니라 "탄소를 줄이는 방법을 먼저 찾은 공단"으로 얼굴을 바꿀 수 있다.

2. 바다와 하천, 도시의 녹색 인프라로

둘째는 바다와 하천, 녹지를 도시의 '녹색 인프라'로 보는 일이다.

시화호·갈대습지·바닷가와 섬, 도심을 흐르는 하천과 공원, 해안도

로와 자전거길, 산책로, 이것들은 단순한 관광지가 아니라 탄소흡수
원이고, 환경·생태 교육의 현장이며, 기후위기 시대의 완충지대다.

안산에서 이 자원들을 제대로 살리려면 무분별한 난개발을 막고, 마
을·시민·환경단체가 참여하는 모니터링과 관리 시스템을 만들고, 학
교·평생학습과 연계된 기후·해양·생태 교육 프로그램을 꾸준히 운영
해야 한다.

"탄소중립 도시"라는 말은 거창한 기술만으로 만들어지지 않는다.

도시의 아이와 어른이 자기 동네의 숲과 물, 바다가 어떤 역할을 하
는지 이해하고, 직접 가보고 손으로 만져볼 때 비로소 그 말이 현실을
갖는다.

3. 재생에너지·RE100, 공단과 바다가 만나는 지점

셋째는 에너지다.

안산은 공단의 전력 수요와 바다·해안·도시 인프라를 함께 가진 도
시다.

이 말은 곧, 공단 옥상·유휴부지의 태양광, 해상·해안 풍력, 수
열·하수·폐열·집단에너지, 같은 것들을 산단과 연계해 "도시형 에너
지 전환 모델"로 실험해 볼 수 있다는 뜻이다.

나는 이 지점을 경제자유구역과 연결해서 보고 싶다. 경제자유구역
안에서,

- 첨단 제조·R&D,
- 친환경 에너지 시스템,
- RE100 전력 조달 구조,

이 세 가지를 결합할 수 있다면, 안산은 "에너지 때문에 수출이 막히는 도시"가 아니라 "RE100을 스스로 설계한 공단 도시"로 자리 잡을 수 있다. 공단과 바다가 만나는 접점은 이제 관광 브로슈어 속 사진이 아니라, 에너지와 탄소전략이 설계되는 현장이 되어야 한다.

4. 일자리와 삶의 질, 둘 중 하나만 택하지 않는 도시

넷째는 결국 사람이다.

탄소중립·공단 재편·경제자유구역 이야기를 정책과 숫자, 투자와 개발의 언어로만 하면 도시에서 사는 사람들은 이렇게 느낄지 모른다. "또 우리 삶이 아닌, 어딘가 다른 세계의 이야기구나." 그래서 나는 탄소중립 산업도시 안산이라는 말을 결국 이렇게 번역하고 싶다. "여기서 일하는 사람, 여기서 아이를 키우는 사람, 여기서 나이 드는 사람의 삶이 지금보다 나아지는 도시."

공단에서 일해도 건강과 안전에 대한 불안이 줄어드는 도시, 산업전환과 탄소정책이 일자리 축소가 아니라 새로운 일자리와 직무 전환, 재교육의 기회로 연결되는 도시, 바다가 단지 차 몰고 지나가는 드라이브 코스가 아니라 편하게 걸어가 쉴 수 있는 동네의 거실이 되는 도시, 공단과 바다가 공존한다는 건 결국 이런 그림이다. "일자리를 잃지 않으면서도 삶의 질을 포기하지 않는 도시."

탄소중립 산업도시 안산, 정치가 할 일과 하지 말아야 할 일

정치가 할 수 있는 일은 무한하지 않다.
그렇지만 분명히 해야 할 일과 하지 말아야 할 일이 있다.

1. 정치가 해야 할 일

- 공단과 바다, 산업과 생태, 에너지와 일자리를 하나의 그림으로 그려 시민에게 설명하는 일
- 단기적인 개발 이익보다 10년, 20년 뒤 도시의 지속가능성을 먼저 보는 기준을 예산과 계획에 반영하는 일
- 기업과 근로자, 주민과 전문가, 환경단체와 행정이 같은 자리에서 논의하는 구조를 만드는 일
- 실패와 시행착오를 숨기지 않고 공유하면서 다음 시도에 반영하는 일

2. 정치가 하지 말아야 할 일

- "친환경"이라는 말을 홍보용 슬로건과 포장지로만 쓰는 일
- 공단과 바다, 어느 한쪽의 불만을 다른 쪽에게 떠넘기며 갈등을 부추

기는 일
- 탄소와 에너지 정책을 당장 인기와 표 계산으로만 재는 일

탄소중립 산업도시 안산은 한 번의 선거, 한 번의 프로젝트로 완성되지 않는다.

그래서 이 일만큼은 "정치인의 업적"이 아니라 도시 전체의 합의와 노력"으로 남아야 한다고 생각한다.

공단과 바다가 공존하는 도시에서, 안산 시민이 할 수 있는 질문

마지막으로 이 장을 읽는 시민에게 함께 던지고 싶은 질문이 있다.

"나는 이 도시의 공단과 바다를 어떻게 기억하고, 어떻게 쓰고 있는가." 공단을 단지 "힘든 노동의 현장"으로만 보는지, 바다를 "잠깐 놀러 갔다 오는 곳"으로만 보는지, 탄소와 에너지 이야기를 "나와 상관없는 문제"로 미루고 있지는 않은지.

도시는 정치와 행정만으로 바뀌지 않는다.

공단과 바다, 탄소와 일자리에 대한 시민의 시선이 달라질 때 도시는 조금 더 빠르게, 조금 더 멀리 움직일 수 있다.

나는 안산이 이 질문에 가장 먼저, 가장 솔직하게 답할 수 있는 도시가 되기를 바란다.

"공단과 바다가 공존하는 탄소중립 산업도시, 그 이름이 안산이라서 좋다."

이 문장을 단순한 희망이나 수사가 아니라, 다음 12년 동안 조금씩 증명해 나가는 것이 내가 안산에서 정치를 계속하고 싶은 이유 중 하나다. 다음 16장에서는 이제 도시의 구조와 산업, 환경을 넘어서,

- 시민이 정치의 대상이 아니라 정치의 주인이 되는 도시
- 의회와 행정, 시민과 마을이 어떻게 서로를 감시하고 지지하는지
- 투표와 선거를 넘어 일상 속에서 민주주의가 작동하는 방식에 대해

"시민 정치, 함께 만드는 민주주의 도시"라는 제목으로 이야기를 이어 가 보려 한다.

16장

시민 정치, 함께 만드는 민주주의 도시

정치를 이야기할 때 사람들이 가장 먼저 떠올리는 장면은 대체로 비슷하다.

국회 본회의장, 싸우는 뉴스 화면, 선거철마다 쏟아지는 현수막과 유세차, 마이크를 잡고 약속을 쏟아내는 후보들. 그래서인지 많은 시민이 이렇게 말한다.

"정치는 위에서 하는 거고, 우리는 그저 찍고, 그래도 안 바뀌면 욕이나 하는 거지 뭐." 경기도의원으로 12년을 보내고, 안산 곳곳에서 주민을 만나며 나는 이 말 속에 섞여 있는 두 가지 감정을 느꼈다.

하나는 "내가 뭘 해도 안 바뀐다."는 포기, 또 하나는 그럼에도 불구하고 "그래도 이 도시가 잘 됐으면 좋겠다."는 애정이다.

나는 안산의 다음 12년을 이야기하면서 마지막 장의 제목을 이렇게 정했다.

"시민 정치, 함께 만드는 민주주의 도시."

도시의 미래를 선거와 몇몇 정치인의 책임으로만 남겨 둘 수 없다는 생각, 이 도시에서 사는 사람 한 사람 한 사람이 "나는 정치와 상관없는 사람이 아니다."라는 감각을 조금이라도 되찾을 수 있기를 바라는 마음, 그 마음을 여기에 담아 보고 싶다.

'정치'라는 말이 멀어진 과정 솔직히 말해서 사람들이 정치를 싫어하게 된 데에는 충분한 이유가 있다.

선거 때만 반짝 나타나고 평소에는 얼굴을 보기 힘든 정치인들, 약속은 크게 했지만 결과는 흐지부지 끝나 버린 정책들, 말로는 시민을 위한다면서 실제로는 정당과 자기 정치 이익을 먼저 챙기는 모습들, 이런 장면을 수십 번, 수백 번 보다 보면 사람들은 그다음부터 정치를 두 가지 이미지로만 기억하게 된다.

하나는 "소음", 다른 하나는 "쇼". 그러면서 마음 한구석에서는 이런 생각도 함께 자란다. "나는 그냥 내 일이나 잘하면 되지, 정치는 피곤한 거야." 이 말은 어느 정도는 자기를 지키기 위한 방어일지도 모른다. 하지만 이 말이 너무 오래, 너무 넓게 퍼지면 도시와 민주주의는 서서히 힘을 잃는다. 정치를 정치인에게만 맡긴 도시는 결국, 정치인 마음대로 다루기 쉬운 도시가 되기 때문이다.

     서쪽에서 뜨는 해

의회에서 본 시민의 얼굴, 거리에서 본 시민의 정치

의정활동을 하며 나는 두 개의 장면을 번갈아 보았다. 하나는 공식 회의장 안에서 보이는 시민의 얼굴, 또 하나는 거리와 현장에서 마주한 시민의 얼굴이다.

회의장 안에서 시민은 대체로 "방청객"이다.

방청석에서 조용히 지켜봐야 하고, 발언권은 제한되어 있고, 정해진 시간에, 정해진 절차에 따라 간신히 의견을 낼 수 있다.

반면 거리와 현장에서 시민은 훨씬 다른 얼굴을 하고 있다.

학교 앞에서 서명을 받으며 통학로를 바꾸자고 외치는 학부모, 공단 안전문제를 두고 기획재정·산업부, 지자체에 끊임없이 전화하고 민원을 넣는 시민, 동네 경로당과 복지관, 작은 도서관·마을모임에서 도시의 문제를 나누고 스스로 해결책을 찾는 사람들. 나는 이런 장면들을 보면서 "시민 정치"라는 말을 떠올렸다. 선거 때 표를 던지는 행위만이 정치가 아니라, 자기 삶의 현장에서 도시의 문제를 발견하고, 말하고, 요구하고, 함께 움직이는 모든 행동이 정치라는 뜻이다.

도시의 민주주의는 이 공식·비공식 장면들이 서로 만나고 이어질 때 비로소 살아난다.

투표는 민주주의의 '시작'이지, '완성'이 아니다

우리는 선거날이 되면 한 번씩 같은 말을 듣는다. "주권은 국민에게 있고, 모든 권력은 국민으로부터 나온다." 그 말은 틀리지 않다. 하지만 4년에 한 번, 5년에 한 번 투표소에 가서 도장을 찍는 것만으로 정치가 제 역할을 다한다고 믿는다면 그건 절반짜리 민주주의다. 투표는 시작이다.

"이 사람에게 우리 도시의 예산과 제도를 잠시 맡겨 보겠다."는 제한된 기간의 위임, "이런 방향의 정치를 한번 해 보자."는 임시 계약일 뿐이다.

그 뒤로 계약이 잘 지켜지고 있는지, 예산과 제도가 약속한 방향으로 쓰이고 있는지, 다시 한 번 평가하고 계약을 갱신할지, 끝낼지 결정하는 것, 이 모든 과정이 민주주의다.

그래서 나는 안산의 다음 12년을 준비하면서 시민에게 이런 질문을 던지고 싶다. "우리는 투표 이후의 정치에 얼마나 참여할 준비가 되어 있는가."

'시민 정치'는 거창한 게 아니다

시민 정치라고 하면 어렵게 느껴질지도 모르겠다. 무슨 거대한 운동, 멋진 슬로건, 복잡한 제도 개혁을 떠올릴 수 있다.

하지만 내가 현장에서 본 시민 정치의 대부분은 훨씬 소박하고, 생활에 가까운 모습이었다.

아이 학교 급식 질을 개선해 달라고 수십 번 학교운영위원회 안건을 올리던 부모들, 장애인 이동권을 확보하기 위해 시내버스·지하철·택시 정책을 끈질기게 파고들던 당사자와 가족들, 골목길 가로등

                                        서쪽에서 뜨는 해

과 CCTV, 공원 벤치 하나를 두고도 동네 사람들과 함께 지도를 그려 가며 행정과 협의하던 주민들. 이 모든 장면에는 공통점이 있다.

①"이건 원래 이런 거야."라는 말에 쉽게 포기하지 않는 태도
②문제 제기에서 멈추지 않고 대안을 만들려는 노력
③혼자가 아니라 몇 사람이라도 함께 움직이려는 선택

나는 이것을 "시민 정치의 세 가지 조건"이라고 부르고 싶다. 시민 정치란 결국 이런 것이다.

내 삶과 동네에서 시작하는 문제의식에 이름을 붙이고, 사람을 모으고, 행정과 정치에 끝까지 말하는 행동.

민주주의 도시의 최소 조건 열려 있는 통로들

시민 정치가 살아 움직이려면 도시에는 몇 가지 통로가 반드시 마련되어 있어야 한다. 의견을 낼 수 있는 통로, 정보를 알 수 있는 통로, 결정 과정에 참여할 수 있는 통로 나는 안산이 다음 12년 동안 이 통로들을 더 넓히고, 더 많이, 더 다양하게 만들었으면 한다.

예를 들면 이런 것들이다.

①적극적인 시민 참여 예산
  • 동네 주민들이 예산 일부를 직접 제안하고 우선순위를 토론해 결

정하는 구조. "예산은 숫자가 아니라 사람의 얼굴"이라는 감각을 시민도 함께 느낄 수 있게 하는 장치.

② 적극적인 주민자치회·동 단위 공론장

- 주민센터가 단순 행정 창구가 아니라 동네 의제를 모으고 토론하는 장소가 되도록, 몇 개 동이라도 제대로 된 시민 공론장을 만들어 보는 시도.

③ 적극적인 청소년·청년 의회·정책 제안 플랫폼

- 아직 투표권이 없거나, 정치 경험이 적은 세대가 "내 목소리가 반영될 수 있다."고 느끼는 첫 경험을 제공하는 구조.

④ 투명한 정보 공개와 쉬운 설명

- 예산·조례·계획이 전문용어와 두꺼운 보고서에 갇혀 있지 않도록, "시민이 이해할 수 있는 언어"로 정기적으로 설명하는 작업. 민주주의 도시의 기준은 멋진 제도를 도입했는지가 아니라, 시민이 실제로 얼마나 쉽게 말하고, 묻고, 참여할 수 있는지다.

정치인의 자리: 대표자이자, 통역자이자, 방패막이

시민 정치가 살아 있는 도시에서 정치인의 역할은 조금 다르게 정의되어야 한다고 생각한다. 단지 "결정하는 사람"이 아니라,

① 대표자

- 다양한 시민의 목소리를 듣고, 그중에 공통된 요구와 가장 절실한

문제를 모아 제도와 예산으로 옮기는 역할.

② 통역자

- 중앙정부·광역·기초 행정의 복잡한 제도와 숫자를 시민이 이해할 수 있는 언어로 설명하고, 시민의 분노와 요구를 정책 언어로 번역해 행정과 중앙에 전달하는 역할.

③ 방패막이

- 불합리한 제도와 예산 앞에서 시민이 직접 모든 충돌을 감당하지 않도록, 비판과 책임을 자기 몫으로 받아 안을 준비를 하는 사람.

나는 의정활동을 하면서 이 세 가지 역할이 한 번에 마음대로 되지 않는다는 걸 여러 번 느꼈다 때로는 시민에게도 행정에게도 동시에 미움을 사야 하는 순간이 온다. 하지만 시민 정치가 살아 있는 도시에서는 정치인이 그 역할을 피하거나 숨을 수 없다. 시민이 제대로 움직이기 시작하면 정치인은 절대로 편하게 일할 수 없는 법이다. 나는 그것이 도시 민주주의의 건강한 증거라고 믿는다.

시민 정치, 안산에서라서 가능한 이유

마지막으로, 나는 안산이라는 도시가 시민 정치와 민주주의를 더 깊이 실험해 볼 수 있는 도시라고 믿는다. 그 이유는 몇 가지다.

- 공단 근로자, 자영업자, 청년·학생, 이주민·다문화 가정, 노인·장애

인, 다양한 삶의 모습이 이미 이 도시 안에 같이 살고 있기 때문이다.

- 산업·교육·복지·환경·문화, 다뤄야 할 의제가 어느 한 분야에만 치우쳐 있지 않고, 서로 얽혀 있기 때문이다.
- 자원봉사단체, 주민 모임, 향우단체, 체육·문화 동호회, 학부모·시민 사회 조직 등

이미 자신만의 방식으로 도시를 움직여 온 사람들과 네트워크가 풍부하기 때문이다 이 말은 곧, "안산에서는 시민 정치와 민주주의 도시를 그냥 책 속에서만 이야기할 필요가 없다. 이미 시작된 것들을 더 잘 연결하고, 키우고, 지지하면 된다."는 뜻이다.

나는 이 책을 통해 그 시작된 움직임들에 조금 더 이름을 붙이고, "당신이 해 온 일이 바로 정치였다."고 말해 주고 싶었다.

이 책을 덮는 시민에게, 함께 나누고 싶은 한 문장

여기까지 읽어 준 독자가 안산 시민이든, 다른 도시에 사는 시민이든 상관없다.

나는 마지막으로 이 질문을 함께 나누고 싶다.

"나는 내가 사는 도시에서 '정치와 상관없는 사람'으로 남을 생각인가, 아니면 '도시의 주인 중 한 사람'으로 서 볼 생각인가."

시민 정치, 민주주의 도시는 거창한 말에서 시작되지 않는다. 작은 모임에 나가 보는 선택, 한번쯤 행정에 질문을 던져 보려는 용기, 동네

에서 벌어지는 일에 무관심으로 일관하지 않으려는 태도, 선거 때 한 번 던진 표를 끝까지 기억하고 요구와 평가로 이어 가는 행동. 이것들이 쌓이면 도시는 달라진다.

그리고 언젠가, 누군가는 이렇게 말할 수 있을 것이다. "안산은 시민이 정치의 대상이 아니라 정치의 주인으로 서 있는 도시다."

나는 그 문장을 안산의 다음 12년 동안 우리 모두가 함께 증명해 나가길 바란다. 이제 남은 건 정치인의 말이 아니라, 시민의 선택과 행동이다. 그 선택과 행동 속에서 이 책의 마지막 문장은 비로소 완성될 것이다.

이제 이 책의 마지막 장, '에필로그-다시, 안산에서 시작합니다'로 이야기를 넘겨 보려 한다.

정치의 언어보다 조금 더 편지에 가까운 말로, 안산 시민에게, 그리고 이 도시를 사랑하는 모든 이에게 나의 고백과 약속을 전하고 싶다.

다시, 안산에서 시작합니다

어떤 도시에 대해 책을 쓴다는 건, 결국 그 도시에서의 자기 삶을 고백하는 일에 가깝다. 프롤로그에서 나는 왜 안산을 이야기할 수밖에 없는지에 대해 썼다. 이 도시가 나에게 지도의 한 점이 아니라 얼굴과 목소리, 냄새와 소리로 기억되는 곳이라는 것, 내 정치의 출발점이자 지금도 방향을 잡아 주는 기준이라는 것을. 이제 책의 마지막 장을 쓰면서 나는 다시 같은 문장을 떠올린다.

"다시, 안산에서 시작한다."

정치를 처음 시작했던 날을 아직도 기억한다.

경기도어린이집연합회 사무국장으로 일하던 시절, 보육 현장의 목소리를 듣고 제도와 예산을 바꾸고 싶다는 마음 하나로 정치라는 세계의 문을 두드렸다. 김진표라는 이름의 도지사 후보가 경기도를 바

꿔 보자고 손을 내밀었고, 나는 보육과 복지의 현장을 대표해 비례대
표라는 자리를 맡게 되었다.

그때 나는 내가 걸어 들어가는 길이 12년 동안 이어질 줄 몰랐다. 경
기도의원으로서 보낸 12년, 여성가족평생교육위원회에서 시작해 교
육위원회, 건설교통위원회, 안전행정위원회, 예산결산위원회, 결산검
사위원회까지, 보육과 교육, 여성과 가족, 교통과 도시 인프라, 안전과
행정 전반을 두루 지나며 안산이라는 도시를 조금씩 다른 각도에서
바라보게 되었다.

회의장에 앉아 예산서를 넘기던 시간, 어린이집, 유치원, 운동장, 공
원, 체육관,·학교·산단·복지관·동네 골목을 쉴 새 없이 오가던 시간,
나는 한 가지 사실을 점점 더 분명하게 확인했다.

예산과 제도는 결국 사람의 얼굴을 향해 있어야 한다는 것. 기록 속
에는 숫자와 조항만 남겠지만, 그 숫자 옆에는 늘 아이와 부모, 노인과
장애인, 근로자와 자영업자, 교사와 공무원, 이 도시를 지탱해 온 수많
은 사람의 얼굴이 겹쳐 보였다.

이 책에서 나는 그 약속이 어떻게 쓰였는지, 어디에서는 부족했고,
어디에서는 작은 변화를 만들어 냈는지 솔직하게 적어 보려고 했다.
이 책을 쓰는 동안 안산사이언스밸리(ASV)는 경기경제자유구역으
로 지정되었다.

계획이 이제는 '이미 시작된 현재'가 되었다. 반월·시화 국가산단의 공장 불빛, 대학과 연구기관이 모여 있는 사이언스밸리, 바다와 갯벌, 하천과 공원이 이제 한 도시 안에서 새로운 설계를 요구하고 있다. 나는 이 변화를 단순한 "개발 호재"나 "정책 성과"로 부르고 싶지 않다. 이건 안산이라는 도시 앞에 놓인 다음 12년짜리 질문지에 가깝다.

> - 공단의 일자리를 어떻게 다음 세대의 일자리로 바꿀 것인가. 경제자유구역의 이름이 일부만의 이익이 아니라 도시 전체의 도약으로 이어지게 만들 수 있는가.
> - RE100과 탄소중립, 에너지 전환을 산업도시 안산의 언어로 어디까지 풀어낼 수 있는가.
> - 떠나는 도시가 아니라 다시 돌아오는 도시, 아이·청년·중장년·노년이 모두 자신의 시간을 맡길 수 있는 도시를 어떻게 만들 것인가. 이 질문들에 대해 내가 가진 답은 아직 완성본이 아니다. 그래서 이 책은 "성공담"이 아니라 "설계도 초안"에 가깝다.

내 정치의 시간은 완벽하지 않았다.

놓친 민원이 있었고, 더 세게 싸우지 못한 순간이 있었고, 더 멀리 내다보지 못해 뒤늦게 후회한 정책도 있었다. 어떤 날은 중앙과 도, 시 사이에서 중간에 끼인 사람처럼 느껴졌고, 어떤 날은 시민과 행정, 기업과 환경단체 사이에서 어느 쪽에도 완전히 사랑받을 수 없는 자리라는 걸 실감했다. 그래도 한 가지는 끝까지 놓치지 않으려 했다. 도시

　　　　　　　　　　　　　　　　서쪽에서 뜨는 해

는 사람이고, 정치는 그 사람들의 내일을 포기하지 않는 일이라는 것. 이 문장을 잊지 않는 한, 나는 다시 시작할 수 있다고 믿는다.

안산의 다음 12년을 나는 이렇게 부르고 싶다.

- 떠나는 도시에서 돌아오는 도시로
- 끊어지는 경력과 학력이 아니라 일자리·교육·돌봄이 이어지는 도시로
- 공단과 바다가 서로 등을 지는 도시가 아니라 문화도시, 탄소중립 신산업 ai 안산으로
- 정치가 소수의 직업이 아니라 시민 정치·민주주의 도시로

이 네 가지 문장은 화려한 구호가 아니라 하나의 도시가 현실에서 시험해 볼 수 있는 구체적인 방향이라고 믿는다.

그리고 그 방향 한가운데에는 언제나 안산 시민이 있다. 정치인은 바뀌어도, 정당은 바뀌어도, 이 도시에서 아침에 눈을 뜨고 하루를 시작하고 밤에 불을 끄는 사람들은 시민이다. 나는 그 시민에게 이렇게 말하고 싶다.

"안산의 다음 12년은 정치인 혼자 만드는 시간이 아니다. 이 도시에 사는 우리가 함께 써 내려갈 시간이다."

책을 덮는 이 순간, 나는 다시 출발선에 서는 기분이다. 경기도의회 의원으로 보낸 12년, 정책과 예산으로 쌓아 온 시간, 안산이 경제자유구역이라는 이름을 얻기까지 함께 걸어온 길이 모두 하나의 문장으로

모인다.

"다시, 안산에서 시작한다." 나는 이 도시에서 배웠다. 실패해도 다시 일어나는 법, 갈등 속에서도 합의를 찾아가는 법, 예산과 제도 뒤에 있는 사람의 얼굴을 잊지 않는 법을.

이제 남은 건 내가 걸어온 길을 조금 더 정직하게 시민 앞에 내놓고, 안산이라는 도시의 다음 장을 함께 쓰자는 제안을 조용하지만 분명하게 건네는 일이다.

이 책은 그 제안의 첫 문장이다. 안산의 골목과 하천, 공단과 학교, 섬과 바다, 복지관과 체육관, 버스 정류장과 시장, 그 모든 곳에서 살아가는 사람들의 삶을 기억하며 마지막으로 이렇게 적어 놓고 싶다.

안산에서 성장하고, 안산에서 실패하고, 안산에서 다시 시작하겠다.

그 시작을 이 책을 읽는 당신과 함께 나누고 싶다.

대표발의 조례

의안명	소관위원회
경기도 사회복지시설에 대한 도시가스요금 경감 조례안	경제노동위원회
경기도 아동 빈곤예방 및 지원에 관한 조례안	여성가족평생교육위원회
경기도 보육조례 일부개정조례안	여성가족평생교육위원회
경기도 주차장 설치 지원 조례안	건설교통위원회
경기도교육청 학교체육 진흥 및 우수선수 포상에 관한 조례 일부개정조례안	교육위원회
경기도 노선버스 서비스 향상에 관한 조례 일부개정조례안	건설교통위원회
경기도 친환경하천 명예감시원 운영 및 지원 조례 일부개정조례안	건설교통위원회
경기도의회 행정사무감사 및 조사에 관한 조례 일부개정조례안	의회운영위원회
경기도 자동차등록번호판 발급대행 관리에 관한 조례 일부개정조례안	건설교통위원회
경기도 노선버스 서비스 향상에 관한 조례 일부개정조례안	건설교통위원회
시내버스 승객용 좌석안전띠 설치를 위한 관련 법령 개정 촉구 건의안	건설교통위원회
경기도 경로당 운영 및 활성화 사업 지원에 관한 조례 일부개정조례안	보건복지위원회
경기도 보육 조례 일부개정조례안	여성가족평생교육위원회
경기도 생활악취 관리에 관한 조례안	도시환경위원회
경기도교육청 성교육 진흥 조례안	교육위원회
경기도 생활폐기물 거점배출시설 설치 지원 조례안	도시환경위원회
경기도 소비자기본 조례 일부개정조례안	안전행정위원회

경기도 재향경우회 육성 및 지원 조례안	안전행정위원회
경기도교육청 교원의 교권과 교육활동 보호에 관한 조례안	교육기획위원회
경기도 학교 교통안전에 관한 조례 일부개정조례안	교육행정위원회
경기도교육청 교육재난기금 운용·관리 조례안	교육행정위원회
경기도교육청 감염병 예방 및 관리 조례안	교육기획위원회
경기도 학교자치 조례안	교육기획위원회

의안명	소관위원회
세월호 참사 관련 지원 대책 재검토 촉구 결의안	기획재정위원회
위례-신사선 연장 도시철도 사업의 조속한 추진을 위한 촉구 결의안	건설교통위원회
경기도 성년후견제도 이용 지원에 관한 조례안	보건복지위원회
경기도 문화복지 기본계획수립 및 지원에 관한 조례안	문화체육관광위원회
정부의 과도한 자치단체 예산편성지침 폐지 촉구 건의안	기획재정위원회
경기도 범죄예방을 위한 환경 디자인 조례안	기획재정위원회
경기도 인구교육 및 정책 지원 등에 관한 조례안	여성가족평생교육위원회
경기도 보호자 없는 병원 지정 및 지원에 관한 조례안	보건복지위원회
안산고잔 행복주택지구 추진에 대한 경기도의회 결의안	도시환경위원회
경기도 근로복지시설의 설치 및 운영에 관한 조례안	경제노동위원회
경기도 옛길 조성 및 관리.운영에 관한 조례안	문화체육관광위원회
경기도 철도사업 추진에 관한 조례 일부개정조례안	건설교통위원회
경기도 학교용지부담금 부과.징수 및 특별회계 설치 조례 일부개정조례안	여성가족평생교육위원회
경기도 교육정책협의회 설치. 운영조례 일부개정조례안	여성가족평생교육위원회
경기도 택시산업 발전 지원 조례안	건설교통위원회
경기도 뷰티산업 진흥 조례안	기획재정위원회
경기도 아동 빈곤예방 및 지원에 관한 조례안	여성가족평생교육위원회
경기도 사회적기업 육성지원에 관한 조례 전부개정조례안	경제노동위원회

경기도 보육조례 일부개정조례안	여성가족평생교육위원회
신분당선 삼송-식사-중산-킨텍스 구간 연장 촉구 건의안	건설교통위원회
경기도 성실납세자 등 선정 및 지원 조례 일부개정조례안	안전행정위원회
성폭력피해자 통합지원센터 확대 설치 촉구 건의안	여성가족평생교육위원회
도서관 확충 및 활성화를 위한 관련 법률 개정 촉구 건의안	도시환경위원회
경기도 공공부문 간접고용 직접고용 전환 촉구 결의안	경제노동위원회
경기도 말산업 육성 및 지원 조례안	농정해양위원회
경인선 지하화 추진 촉구 건의안	건설교통위원회
경기도 재정위기 행정사무조사 발의의 건	본회의
경기도 북한이탈주민의 정착지원에 관한 조례 일부개정조례안	기획재정위원회
서울-춘천고속도로 지역주민할인제 남양주시 적용 건의안	건설교통위원회
경기도 갈등 예방 및 해결에 관한 조례안	기획재정위원회
경기도의회 회기운영에 관한 조례 일부개정조례안	의회운영위원회
경기도 경로당 운영 및 활성화 사업 지원에 관한 조례안	보건복지위원회
경기도 각급학교의 체육시설 등의 확보 및 지원 등에 관한 조례안	교육위원회
경기도 인공조명에 의한 빛공해 방지 조례안	도시환경위원회
경기도의회 친환경 농산물 유통체제 및 혁신학교 개선 추진 특별위원회 구성 결의안	의회운영위원회
도지사 및 교육감 등 관계공무원 출석요구의 건	본회의

| 경기도 성별영향분석평가 조례안 | 여성가족평생교육위원회 |
| 경기도지사 및 교육감 등 관계공무원 출석요구의 건 | 본회의 |

의안명	소관위원회
경기도 관급공사의 체불임금 방지 및 하도급업체 보호 등에 관한 조례 일부개정조례안	건설교통위원회
경기도교육청 학교체육 진흥 및 우수선수 포상에 관한 조례 일부개정조례안	교육위원회
경기도교육청 유니버설디자인 촉진 조례안	교육위원회
경기도 자동차관리사업 등록기준 등에 관한 조례 일부개정조례안	건설교통위원회
경기도의회 청원심사규칙 일부개정규칙안	의회운영위원회
경기도 재생에너지 이용 가로등 설치 및 보급 지원 조례안	경제노동위원회
경기도 도로점용허가 및 도로점용료 등 부과·징수 조례 일부개정조례안	건설교통위원회
경기도 다중이용시설 등의 실내공기질 유지기준에 관한 조례 일부개정조례안	도시환경위원회
경기도 공공기관의 소방훈련 및 교육에 관한 조례안	안전행정위원회
경기도교육청 화장실 관리 조례 일부개정조례안	교육위원회
경기도교육청 대안교육 위탁교육기관 지원 조례안	교육위원회
경기도 학교 교통안전에 관한 조례안	교육위원회
경기도 작은 학교 지원에 관한 조례 일부개정조례안	교육위원회
경기도 학교용지부담금 부과·징수 및 특별회계 설치 조례 일부개정조례안	여성가족평생교육위원회
경기도 노선버스 서비스 향상에 관한 조례 일부개정조례안	건설교통위원회
공공부문 비정규직 근로자의 정규직 전환에 따른 국비 재원 분담 촉구 건의안	경제노동위원회
경기도 친환경하천 명예감시원 운영 및 지원 조례 일부개정조례안	건설교통위원회

경기도 지역건설산업 활성화 촉진 조례 일부개정조례안	건설교통위원회
경기도 건설공사 부실 방지에 관한 조례 일부개정조례안	건설교통위원회
경기도 교통약자의 이동편의증진에 관한 조례 일부개정조례안	건설교통위원회
경기도 물류단지개발지원센터 운영 조례 일부개정조례안	건설교통위원회
경기도의회 공인 조례 일부개정조례안	의회운영위원회
경기도 도민 여가 활성화 기본 조례안	문화체육관광위원회
경기북도 설치 촉구 건의안	안전행정위원회
경기도기 게양 지원 조례안	의회운영위원회
경기도 기금관리 기본 조례 일부개정조례안	기획재정위원회
경기도 미세먼지 예방 및 저감 지원 조례안	도시환경위원회
경기도 도시 및 주거환경정비 조례 일부개정조례안	도시환경위원회
경기도 도로점용공사장 교통소통대책에 관한 조례 일부개정조례안	건설교통위원회
5호선 방화차량기지의 고양으로 이전 촉구 건의안	건설교통위원회
경기도 어린이 통학로 교통안전을 위한 조례 일부개정조례안	건설교통위원회
경기도 자전거이용 활성화에 관한 조례 일부개정조례안	건설교통위원회
경기도 맞춤형 정비사업 지원 조례안	도시환경위원회
경기도 자동차등록번호판 발급대행 관리에 관한 조례 일부개정조례안	건설교통위원회
경기도물류정책위원회 조례 일부개정조례안	건설교통위원회
경기도 물류단지개발지원센터 조례 일부개정조례안	건설교통위원회
경기도 철도사업 추진에 관한 조례 일부개정조례안	건설교통위원회
경기도 에너지기금 설치 및 운용 조례안	경제노동위원회

경기도 청년구직지원금 지원 조례안	경제노동위원회
경기도 노선버스 서비스 향상에 관한 조례 일부개정조례안	건설교통위원회
시내버스 승객용 좌석안전띠 설치를 위한 관련 법령 개정 촉구 건의안	건설교통위원회
경기도 에너지 프로슈머 활성화 지원 조례안	경제노동위원회
경기도 쾌적하고 편리한 대중교통을 위한 조례 전부개정조례안	건설교통위원회
경기도 철도사업 추진에 관한 조례 일부개정조례안	건설교통위원회
경기도 어린이 통학로 교통안전을 위한 조례 일부개정조례안	건설교통위원회
경기도 시내버스의 도민서비스평가단 운영 조례안	건설교통위원회
경기도 도로 등의 관리에 관한 조례 일부개정조례안	건설교통위원회
경기도 교통약자의 이동편의증진에 관한 조례 일부개정조례안	건설교통위원회
경기도 문화원연합회 육성 및 지원에 관한 조례안	문화체육관광위원회
경기도 근로기본 조례안	경제노동위원회
쌀 수급안정을 위한 대책 수립 촉구 결의안	농정해양위원회
식품진흥기금 용도 확대를 위한 식품위생법 시행령 개정 촉구 건의안	보건복지위원회
교육용 전기요금 인하 촉구 건의안	경제노동위원회
우레탄 운동장 재발 방지를 위한 학교보건법 등 관계법령 개정 촉구 건의안	교육위원회
경기도 김치산업 육성 및 진흥 조례안	농정해양위원회
경기도 건설기술심의위원회 조례 일부개정조례안	건설교통위원회
경기도교육청 교육복지 운영·지원에 관한 조례 일부개정조례안	교육위원회

경기도 특별재난지역 학교 및 학생지원에 관한 조례 일부개정조례안	여성가족평생교육위원회
경기도교육청 계약심사위원회 구성 및 운영에 관한 조례 일부개정조례안	교육위원회
경기도교육청 자유학기제 및 현장체험학습 지원에 관한 조례안	교육위원회
경기도 청소년 수련시설의 설치 및 운영 조례 일부개정조례안	여성가족평생교육위원회
경기도교육청 화장실 관리 조례안	교육위원회
경기도 경로당 운영 및 활성화 사업 지원에 관한 조례 일부개정조례안	보건복지위원회
경기도교육청 어린이놀이시설 관리에 관한 조례 일부개정조례안	교육위원회
경기도 아동·청소년복지시설 퇴소청소년 등의 지원에 관한 조례안	여성가족평생교육위원회
경기도 통합방위협의회 등에 관한 조례 일부개정조례안	안전행정위원회
경기도교육청 학생에 대한 가정 내 학대 예방 지원 조례안	교육위원회
경기도 독거노인 고독사 방지를 위한 민간자원 활용 및 지원 조례안	보건복지위원회
경기도 보육 조례 일부개정조례안	여성가족평생교육위원회
경기도 공공시설 및 공공건축물의 건립비용 공개에 관한 조례안	건설교통위원회
경기도 교통안전 증진을 위한 조례 일부개정조례안	건설교통위원회
경기도 식생활교육 지원 조례 일부개정조례안	농정해양위원회
경기도교육청 흡연·음주와 약물 오·남용 예방 교육 조례안	교육위원회
경기도청장에 관한 조례안	안전행정위원회
대한민국 정부와 일본 정부 간의 일본군 '위안부' 피해자 문제 합의 규탄 및 재협상 촉구 결의안	여성가족평생교육위원회

경기도의회 선감학원 진상조사 및 지원대책 마련 특별위원회 구성 결의안	의회운영위원회
경기도 영유아 인성교육 지원 조례안	여성가족평생교육위원회
경기도 산불방지 및 지원에 관한 조례안	농정해양위원회
대기업의 임대료 및 취득세 감면 도구로 악용되는 공유재산법 시행령 등 개정 촉구 건의안	안전행정위원회
인사청문회 도입을 위한 「지방자치법」 개정 촉구 건의안	안전행정위원회
경기도교육청 저소득층학생 정보화 지원 및 역기능 예방에 관한 조례안	교육위원회
경기도 외국인 인권 지원에 관한 조례 일부개정조례안	여성가족평생교육위원회
경기마을교육공동체 활성화 지원에 관한 조례안	교육위원회
경기도교육청 공공건축물의 장애물 없는 생활환경 인증 조례안	교육위원회
경기도교육청 공익신고 보상금 지급에 관한 조례 일부개정조례안	교육위원회
보건교사 의무배치 촉구 건의안	교육위원회
경기도 농산물 이용촉진 등 농산물 직거래 활성화에 관한 조례안	농정해양위원회
경기도공익을 위한 건물폐쇄로 손해를 입은 소상공인 임차인 지원에 관한 조례안	경제노동위원회
경기도교육청 중중장애인 생산품 우선구매 촉진 조례안	교육위원회
경기도교육청 정책실명제 운영 조례안	교육위원회
평화경제특별구역 기반 조성을 위한 경기도 부동산투자 이민제 지구지정 촉구 건의안	경제노동위원회
국가보훈처의 국가보훈부 승격 촉구 건의안	보건복지위원회
경기도 사회성과 보상사업 운영조례안	보건복지위원회
경기도교육청 교육안전기본 조례안	교육위원회

경기도의회 교육재정강화 특별위원회 구성 결의안	의회운영위원회
일본의 왜곡된 교과서 검정 철회 촉구 결의안	교육위원회
사회적경제기본법 제정 촉구 건의안	경제노동위원회
경기 교육재정 차별 해소 촉구 건의안	교육위원회
경기도교육청 지역사회의 학교 시설 이용 활성화 조례안	교육위원회
경기도교육청 학교민주시민교육 진흥 조례안	교육위원회
경기도교육청 자살예방 및 생명존중문화 조성을 위한 조례안	교육위원회
국가 경쟁력 강화를 위한 경기특별도 설치 건의안	안전행정위원회
경기도교육행정협의회 설치운영 조례 전부개정조례안	교육위원회
경기도 노후산업단지 활성화 지원 조례안	경제노동위원회
경기도 공공보건의료에 관한 조례안	보건복지위원회
기간제 및 단시간근로자 보호 등에 관한 법률(비정규직법) 개악 중단 촉구 건의안	경제노동위원회
경기도의회 혁신 및 지방분권 강화 특별위원회 구성 결의안	의회운영위원회
경기도의회 조례 정비 및 조정 특별위원회 구성 결의안	의회운영위원회
경기도교육청 진로직업체험지원센터 설치 및 운영 조례안	교육위원회
경기도교육청 탈북가정청소년 교육지원 조례안	교육위원회
경기도 주차장 설치 지원 조례안	건설교통위원회
경기도 담장개선사업 지원 조례안	도시환경위원회
경기도 주차장 무료 개방 지원 조례안	건설교통위원회
경기도 소상공인 보호 및 지원에 관한 조례 일부개정조례안	경제노동위원회
경기도 비정규직 권리보호 및 지원에 관한 조례 일부개정조례안	경제노동위원회
경기도교육감 소관 저수조 관리 조례안	교육위원회

경기도 개발제한구역 주민 지원 조례안	도시환경위원회
경기도 의사상자 예우 및 지원 조례안	보건복지위원회
경기도 어린이 통학로 교통안전을 위한 조례 일부개정조례안	건설교통위원회
경기도교육청 건설공사 부실 방지에 관한 조례안	교육위원회
경기도 화학물질관리 조례 일부개정조례안	도시환경위원회
경기도 작은도서관 지원 조례 일부개정조례안	여성가족평생교육위원회
고려인동포 합법적 체류자격 취득 및 정착 지원을 위한 특별법 개정 촉구 건의안	여성가족평생교육위원회
서울시 지하철 5호선 김포 연장 촉구 건의안	건설교통위원회
경기도 성별영향분석평가 조례 일부개정조례안	여성가족평생교육위원회
경기도의회 행정사무감사 및 조사에 관한 조례 일부개정조례안	의회운영위원회
경기도 주둔 군부대 지원 및 협력에 관한 조례안	기획재정위원회
경기도의회 의원 공무국외활동에 관한 조례 일부개정조례안	의회운영위원회
경기도의회 간행물편찬위원회 조례 전부개정조례안	의회운영위원회
경기도의회 광명·시흥 테크노밸리 안정적 착공과 기반시설 대책 마련 특별위원회 구성 결의안	의회운영위원회
경기도교육감 업무제휴 및 협약에 관한 조례안	교육위원회
경기도 철도역 환승센터 건설에 관한 조례안	건설교통위원회
경기도교육청 학교에서 스스로 공부하는 학생 지원 조례안	교육위원회
경기도 공유재산관리 조례 일부개정조례안	안전행정위원회
경기도 신청사 건립 기금 설치 및 운용에 관한 조례 일부개정조례안	건설교통위원회
경기도 노후 상가거리 활성화 지원 조례안	경제노동위원회

경기도의회 의원 입법 활동 지원에 관한 조례 전부개정조례안	의회운영위원회
경기도 치매관리 및 광역치매센터 설치·운영 조례 일부개정조례안	보건복지위원회
경기도의회 교섭단체 및 위원회 구성·운영 조례 일부개정조례안	의회운영위원회
경기도 개인영상정보 보호 및 영상정보처리기기 설치·운영 조례안	기획재정위원회
경기도교육청 폐교 관리 및 운영에 관한 조례안	교육위원회
경기도 어린이 통학로 교통안전을 위한 조례 일부개정조례안	건설교통위원회
경기도 선감학원 아동·청소년 인권유린사건 피해조사 및 위령사업에 관한 조례안	여성가족평생교육위원회
경기도교육청 학교 밖 청소년 학업지원 조례 일부개정조례안	교육위원회
경기도교육청 역사교육 활성화 조례안	교육위원회
경기도 무인항공기·무인비행장치 산업의 육성 및 지원에 관한 조례안	경제노동위원회
경기도교육청 성교육 진흥 조례안	교육위원회
경기도 가정교육을 위한 부모학습 지원 조례안	여성가족평생교육위원회
경기도 생활폐기물 거점배출시설 설치 지원 조례안	도시환경위원회
경기도교육청 교원단체 및 교원노조 보조금 지원에 관한 조례안	교육위원회
경기도 공공데이터 제공 및 이용 활성화에 관한 조례안	기획재정위원회
경기도 지방분권 촉진 및 지원에 관한 조례안	안전행정위원회
경기도 임산부 전용주차구역 설치 및 운영에 관한 조례안	보건복지위원회
경기도 민주시민교육 조례안	여성가족평생교육위원회

경기도 특별재난지역 학교 및 학생 지원에 관한 조례안	여성가족평생교육위원회
경기도교육청 금고의 지정 및 운영에 관한 조례안	교육위원회
경기도 병역명문가 예우 및 지원에 관한 조례안	안전행정위원회
경기도교육청 현장체험학습 학생안전관리 조례안	교육위원회
경기도 장애인 문화예술 활동 지원 조례안	문화체육관광위원회
경기도 통계작성·보급·이용 및 빅데이터 활용에 관한 조례안	기획재정위원회

의안명	소관위원회
경기도 홀로 사는 노인 등의 반려동물 입양 및 양육 지원 조례안	농정해양위원회
도심 공공주택 복합사업의 원활한 추진을 위한 「공공주택 특별법」개정 건의안	도시환경위원회
경기도 빈집 및 소규모주택 정비에 관한 조례 일부개정조례안	도시환경위원회
경기도사회적경제원 설립 및 운영 조례안	경제노동위원회
경기도 민주화운동 기념에 관한 조례 일부개정조례안	안전행정위원회
경기도 하천 산책로 등 자치관리활동 지원 조례안	안전행정위원회
경기도 공정경제지킴이 운영 및 지원 조례안	안전행정위원회
출퇴근용 수륙양용 버스 도입을 위한 「복합형 교통수단의 등록 및 운행 등에 관한 법률」제정 촉구 결의안	건설교통위원회
경기도 재난 예보·경보시설 설치 및 운영에 관한 조례 일부개정조례안	안전행정위원회
경기도의회 회의규칙 일부개정규칙안	의회운영위원회
경기도교육청 남북교육교류 협력에 관한 조례 일부개정조례안	교육기획위원회
경기도 아동보호 및 복지 증진에 관한 조례 전부개정조례안	여성가족평생교육위원회
경기도 공용차량의 공유 이용에 관한 조례 일부개정조례안	안전행정위원회
경기도 대상포진 예방접종 지원에 관한 조례안	보건복지위원회
경기도 의용소방대 설치 및 운영 조례 일부개정조례안	안전행정위원회
경기도 수입증지 조례 전부개정조례안	안전행정위원회
경기도 재택의료센터 지정 및 지원에 관한 조례안	보건복지위원회
경기도 도세 감면 조례 일부개정조례안	안전행정위원회
경기도 금고의 지정 및 운영에 관한 조례 일부개정조례안	안전행정위원회

경기도 아동 범죄 피해자의 진술 도우미견 지원에 관한 조례안	여성가족평생교육위원회
경기도 국민안전체험관 운영 조례안	안전행정위원회
경기도 전기통신금융사기 피해 지원 조례안	안전행정위원회
경기도 재난 예보·경보시설 설치 및 운영에 관한 조례안	안전행정위원회
경기도 재해구호기금 운용·관리 조례 일부개정조례안	안전행정위원회
경기도 군사기지 및 군사시설로 인한 소음피해 등 지원 조례 일부개정조례안	안전행정위원회
경기도 물관리 기본 조례 일부개정조례안	도시환경위원회
경기도 환경기본 조례 일부개정조례안	도시환경위원회
경기도소방재난본부 "부장" 직위 신설 및 경기도북부소방 재난본부장 직급상향 촉구 건의안	안전행정위원회
경기도 소방공무원 정신건강증진 조례안	안전행정위원회
경기도의회 일산대교 등 민자도로 통행료 개선을 위한 특별위원회 구성 결의안	의회운영위원회
경기도의회 일본 후쿠시마 방사성 오염수 방류 대응 특별위원회 구성 결의안	의회운영위원회
일본의 교과서 역사왜곡 작태 규탄 결의안	교육기획위원회
자치분권 실현을 위한 「지방자치법 시행령」 개정 촉구 건의안	의회운영위원회
경기도 재난자원봉사 실비지급 조례안	안전행정위원회
경기도 지진피해 시설물 위험도 평가 지원에 관한 조례 전부개정조례안	안전행정위원회
경기도 법위반기업에 대한 기업지원 제한 조례 일부개정조례안	경제노동위원회
경기도 도민 안전교육 진흥에 관한 조례안	안전행정위원회
경기도 금고의 지정 및 운영에 관한 조례 일부개정조례안	안전행정위원회

경기도 필수노동자 지원에 관한 조례안	경제노동위원회
경기도 근로자 복지증진과 복지시설지원에 관한 조례 일부개정조례안	경제노동위원회
경기도 비정규직 노동자 권리보호 및 지원에 관한 조례 일부개정조례안	경제노동위원회
경기도 도세 기본조례 일부개정조례안	안전행정위원회
경기도 자원봉사활동 지원 조례 일부개정조례안	안전행정위원회
경기도 재난기본소득 지급 조례 일부개정조례안	안전행정위원회
경기도 도세 감면 조례 일부개정조례안	안전행정위원회
경기도의회 포스트 코로나(Post-COVID) 정책위원회 구성 및 운영 조례안	의회운영위원회
경기도 체육진흥 조례 일부개정조례안	문화체육관광위원회
경기도 안전감찰 지역전담기구 협의회 운영 조례안	안전행정위원회
경기도 범죄피해자 보호 조례 일부개정조례안	안전행정위원회
경기도 성실납세자 선정 및 지원 조례 일부개정조례안	안전행정위원회
경기도 위원회 회의 및 회의록 공개 조례 일부개정조례안	안전행정위원회
경기도 각종 위원회 설치 및 운영 조례 일부개정조례안	안전행정위원회
경기도 소방공무원 보건안전 및 복지에 관한 조례 일부개정조례안	안전행정위원회
경기도 포상 조례 일부개정조례안	안전행정위원회
경기도교육청 학생선수 학습권 보장 및 인권보호 조례 일부개정조례안	교육기획위원회
경기도 자원봉사활동 지원 조례 일부개정조례안	안전행정위원회
경기도 낙농·육우산업 육성 및 지원에 관한 조례안	농정해양위원회
경기 북부지역의 조속한 분도 시행 촉구 결의안	안전행정위원회

경기도 1인가구의 사회친화 촉진 및 지원에 관한 조례 일부개정조례안	보건복지위원회
경기도의회 기본소득 특별위원회 구성 결의안	의회운영위원회
경기도교육청 흡연·음주와 약물 오·남용 예방 교육 조례 전부개정조례안	교육기획위원회
경기도 학생 보건교육 진흥에 관한 조례 일부개정조례안	교육기획위원회
경기도교육청 초등학교급식 유전자변형식품(GMO) 사용 등에 관한 조례 일부개정조례안	교육기획위원회
경기도교육청 학교숲 조성 및 활성화 조례안	교육행정위원회
경기도교육청 인구교육 진흥 조례 일부개정조례안	교육기획위원회
경기도교육비특별회계 소관 공유재산 관리조례 일부개정조례안	교육기획위원회
경기도교육청 통일교육 활성화 조례 일부개정조례안	교육기획위원회
안전한 학교 과학실을 위한 법률 제정 촉구 건의안	교육기획위원회
경기도교육청 미디어 리터러시 교육 지원 조례안	교육기획위원회
경기도 아동보호 및 복지 증진에 관한 조례 일부개정조례안	여성가족평생교육위원회
경기도 공동주택 층간소음 방지 조례안	도시환경위원회
경기도교육청 특수교육 진흥 조례안	교육기획위원회
경기도립 학교운영위원회 설치·운영 조례 일부개정조례안	교육행정위원회
경기도교육청 지역건설산업 활성화 지원 조례 일부조례개정안	교육행정위원회
경기도교육청 교육안전기본 조례 일부개정조례안	교육행정위원회
경기도교육청 학교폭력예방 및 대책에 관한 조례 일부개정조례안	교육기획위원회
경기교육에 대한 교육부의 지방교육재정교부금 배분율 차별 해소 및 인상 촉구 건의안	교육기획위원회

경기도교육감 소속 공무원 공무국외출장 조례안	교육기획위원회
경기도 여성청소년 보건위생물품 지원에 관한 조례안	여성가족평생교육위원회
경기도교육청 다문화교육 진흥 조례 일부개정조례안	교육기획위원회
경기도 출자·출연 기관의 운영에 관한 기본조례 일부개정조례안	기획재정위원회
경기도 가축전염병 예방 및 피해 축산농가 지원 등에 관한 조례 일부개정조례안	농정해양위원회
경기도교육청 건강장애학생 교육지원 조례안	교육기획위원회
경기도교육청 지진재해 예방 및 대책에 관한 조례안	교육행정위원회
경기도 청년공간 설치 및 운영 조례안	보건복지위원회
경기도교육청 단군기원 연호(檀君紀元 年號) 사용에 관한 조례안	교육기획위원회
경기도 어린이 간접흡연 방지 조례안	여성가족평생교육위원회
경기도 따뜻하고 복된 공동체 만들기 지원에 관한 조례 전부개정조례안	경제노동위원회
경기도교육청 기금 관리 및 통합관리기금 설치·운용 조례안	교육기획위원회
경기도교육청 안전한 학교급식 운영에 관한 조례 일부개정조례안	교육기획위원회
경기도교육청 학교 밖 청소년 학업지원 조례 전부개정조례안	교육기획위원회
경기도 학생인권 조례 일부개정조례안	교육기획위원회
경기도교육청 학교 학생봉사활동추진위원회 설치 및 운영에 관한 조례안	교육기획위원회
경기도교육청 장애인교원 편의지원 조례안	교육기획위원회
경기도교육청 어린이 놀 권리 보장을 위한 조례안	교육기획위원회
경기도립 학교운영위원회 설치.운영 조례 일부개정조례안	교육행정위원회

경기도교육청 각종 위원회 설치 및 운영 조례 일부개정조례안	교육기획위원회
경기도 비인가 대안학교 등 학생 교복지원 조례 일부개정조례안	여성가족평생교육위원회
경기도 소상공인 보호 및 지원에 관한 조례 일부개정조례안	경제노동위원회
경기도교육청 응급처치교육 지원 조례안	교육기획위원회
경기도교육청 학교 실내 공기질 개선 및 유지 관리에 관한 조례안	교육행정위원회
경기도교육청 일본 전범기업 제품 표시에 관한 조례안	교육기획위원회
경기도교육청 중증장애인 생산품 우선구매 촉진 조례 일부개정조례안	교육기획위원회
경기도교육청 학생선수 학습권 보장 및 인권보호 조례안	교육기획위원회
경기도 청소년 심리적 외상 지원에 관한 조례안	여성가족평생교육위원회
경기도 친환경 학교급식 등 지원 조례 일부개정조례안	농정해양위원회
경기도 공익활동 촉진 및 지원에 관한 조례안	의회운영위원회
경기도교육청 각종 위원회 설치 및 운영 조례 일부개정조례안	교육기획위원회
경기도교육청 난독 학생 지원 조례 전부개정조례안	교육기획위원회
경기도교육청 방과후학교 지원 조례안	교육행정위원회
경기도 선감학원 사건 희생자 등 지원에 관한 조례 일부개 정조례안	여성가족평생교육위원회
경기도 대기오염 경보에 관한 조례 일부개정조례안	도시환경위원회
경기도 환경기본 조례 일부개정조례안	도시환경위원회
경기도의회 지방자치분권 특별위원회 구성 결의안	의회운영위원회
노동이 존중받는 경기도 특별위원회 구성 결의안	의회운영위원회

서쪽에서 뜨는 해

ⓒ 천영미, 2026

초판 1쇄 발행 2026년 1월 17일

지은이   천영미
펴낸이   이기봉
편집   좋은땅 편집팀
펴낸곳   도서출판 좋은땅
주소   서울특별시 마포구 양화로12길 26 지월드빌딩 (서교동 395-7)
전화   02)374-8616~7
팩스   02)374-8614
이메일   gworldbook@naver.com
홈페이지   www.g-world.co.kr

ISBN   979-11-388-5225-8 (03810)